百札館三記

张瑞田 著

文汇出版社

目录

读傅记

旧信记

谈札记

读

傅

记

重读 《傅雷家书》

　　二〇〇八年，在洁白的丰碑——纪念傅雷先生诞辰一百周年的展览活动中，我有幸看到了傅雷先生写给傅聪的第一封家书。这封家书写于一九五四年一月十八日，用毛笔所书。我们知道的傅雷是杰出的翻译家、艺术评论家，但我们也要知道，他又是优秀的书法家、收藏家。近几年，我研究了傅雷先生致黄宾虹先生的手札，对傅雷的书法才情有了新的发现和新的理解。傅雷致黄宾虹的一百余通手札，具有严谨的法度，内敛、典雅，体现了尚通脱、简远的魏晋书风。置于当代书法界，傅雷的书法也是别具一格的，具有强大的审美力量。

　　傅雷先生的手札恪守传统礼仪，平阙分明，谦辞、敬辞使用十分准确，从中不难看出傅雷对"二王"、苏东坡、米芾、黄庭坚等人手札的精心临摹和刻苦研读。

　　我是在发现傅雷先生高超的书法才华的背景下，重读了《傅雷家书》。初读《傅雷家书》的时候是二十世纪八十年代，那是一个启蒙的年代，我们反思了导致傅雷悲剧出现的体制性因素和文化局限。《傅雷家书》中的理想主义光芒，照耀了我们的青春，是我们迷茫中的精神指南。应该说，《傅雷家书》最贴近我们的内心，傅雷的理性、情感、智慧、父爱，以平等、和气的口吻传达了一位父亲的文化思考、生活经验、价值观念。最纯粹、最本质、最没有意识形态的导向。这是一本温情的书，是一本友好的书，包含着一位父亲炽热的情感和伟大的爱。

《傅雷家书》的生命力是永恒的。二十多年后，我重读了《傅雷家书》。此时，我也当了父亲，面对天真烂漫的儿子，自然想起《傅雷家书》。我试图在这本书中找到与儿子对话的精神渠道。

由于对傅雷书法的关心，每每读《傅雷家书》，就会想到傅雷书写家书所使用的工具，是硬笔，还是毛笔。当我看到傅雷致傅聪的第一封家书是用毛笔写成的，我就想，傅雷是用传统的方式，也就是中国文人的生命仪式，与远在异国他乡的儿子进行沟通。也许傅雷是想让傅聪记住，自己是中国人，当傅聪看到来自家中的手札，自然会想到中国五千年的文明，与生俱来的骄傲，会让他不孤独。

傅雷不是一位轻松的父亲，也不是一位轻松的文人。他的精神苦闷和内心冲突，常常出现在他的文字之中。写于一九五四年一月十八日的手札，我读了数十遍。这封情真意切的手札，首先勾画出傅雷一家浓郁的亲情。傅聪去域外求学，是傅聪对自己的超越，同时，也意味着痛苦的分别。在这封手札中，我们读到了这样凝重的文字："车一开动，大家都变成了泪人儿，呆呆地直立在月台上，等到列车全部出了站方始回身。沈伯伯再三劝慰我。但回家的三轮车上，个个人都止不住流泪。敏一直抽抽噎噎。昨天一夜我们都没睡好，时时刻刻的惊醒。我良心上的责备简直消释不了。孩子，我虐待了你，我永远对不起你，我永远赎不了这种罪过！这念头整整一天没离开过我的头脑，只是不敢向妈妈说。人生错了一件事，良心就永远不得安宁！真的，巴尔扎克说得好：有些罪过只能补赎，不能洗涮！"

傅雷的性格是多么的清高而脱俗，甚至是一位有洁癖的文人。然而，这封家书让我们看到了"怜子如何不丈夫"的傅雷，让我们看到了一位父亲最柔软的一部分，最美的一部分，最闪光的一部分。

傅雷具有现代人格。傅雷所处的复杂的年代，每一个人都被工具化、矮化，甚至妖魔化了。人格鲜见，何谈现代人格？让我们骄傲的是，傅雷有人格，也有现代人格。他敢于反思自己，能够修正自己的问题，进行自我批评。这封手札，傅雷坦诚而真挚地向自己的孩子敞开了胸怀。这是有大气度的人、有深刻思想的人才能做到的。

傅雷学贯中西，对中国传统文化的喜好和熟悉，体现在他的书法和他的手札之中。同时，他又深受西方文艺复兴思想的影响，有平等意识，有爱，有理想，讲诚信，不妥协，节制物欲，重友谊，等等。《傅雷家书》中的傅雷精神，恰恰就是傅雷基于中西文化交融中的爱与责任，以及对现实的忧虑，对未来的清醒认识。

　　我敢说，《傅雷家书》是中国人的精神绝唱，是中国人的精神制高点。同时，我也敢说，像傅雷这样的父亲已不多见。当下中国重器物，轻精神，我们在消费主义的思潮里难以自拔。大多数的父亲热衷于向孩子们传授谋取权力和金钱的手段，以极其功利的心态，推广厚黑之学。今天，我们重提《傅雷家书》，显然与二十世纪八十年代不同。那个清贫的时代，我们的内心还非常富有，我们还有力量憧憬未来。可是，眼下物质财富不断膨胀，我们的内心却十分焦渴，我们的精神也十分萎靡。种种陋习和荒芜，源于好父亲的缺失。为此我说，傅雷不仅仅是傅聪、傅敏的父亲，应该是中国人的父亲。他的坚强与软弱，才能与性情，善良与悲悯，都会成为我们前进的动力。

二〇〇八年七月

傅雷与『黄宾虹八十书画展』

一九四三年，黄宾虹八十岁。困居北平古城的一代国画大师，不断取出《家庆图》，反复审视。窗外的柿子树果肥叶阔，但比之故乡的橘子树，似乎少了一层亲切。去年，他就因难以平抑的思乡情怀，在《家庆图》上题了一首诗，后四句云："屈指明正我八旬，絮谈哀乐忆前尘。陈翁留驻韶华笔，六十六年图画新。"

一九四三年十一月十九日，"黄宾虹八十书画展"在上海举行，反响强烈。

著名画家刘海粟在《黄山谈艺录·傅雷二三事》中说："一九四三年，黄宾虹八十大庆，傅雷为他举办首次个展，这是一件有历史意义的工作。"

策展人傅雷就这样进入了中国美术史。

作为都市文化组成部分的艺术展览，显然与资本主义的发展和市场化的形成息息相关。傅雷"晚蚤岁治西欧文学，游巴黎时旁及美术史，平生不能捉笔，而爱美之情与日俱增"，西方美术史开阔了傅雷的审美视野，西方美术的策展人制度和展览体制，又为傅雷提供了学习的样板。

傅雷是一位杰出的策展人。首先，他具有非同一般的书画审美能力，行政协调才干，市场营销水平。傅雷会从展览的总体布局考虑问题，有时就作品的形制，有时从作品的风格，有时以黄宾虹不同时期的追求，进行分析并提出自己的建议。

黄宾虹将参展作品分别寄给傅雷和其他友朋，其中一次出现了差错。为此傅雷忧心忡忡，四处打探画作的去向，又挖空心思分析画作遗失的原因。他把邮局的挂号号码一一核对，甚至怀疑黄宾虹的另一位朋友。十月七日，他又一次致书黄宾虹："尊处八月三十日寄裴府一包之号数，既为二四一九号。复查先生九月七日自京寄敝寓之挂号信，号码为二六六○，发信日期相去八天，挂号号码相差二百四十一号，甚为合理。更可证同日同时所发之挂号信件，必号数相联。且二万一千余号，根本与二四一九不合，已大可疑。"

怎么办，傅雷只有穷追不舍。他在心里默默祈祷，黄宾虹的画丢不了。果真未丢。当厘清黄宾虹寄沪画作后，傅雷立刻致书黄宾虹："八月三十日邮据倘只有一纸，则当时失件谅在未投邮前已生弊窦，总望珠还，不落匪人或市侩手也。"

然后，傅雷以他潇洒、隽永的小楷抄录了"经手宾老寄沪书画总清单""傅宅经收书画细账"清单，向黄宾虹详细汇报了自己在上海收阅书画数目事宜，深得黄宾虹的赞许。

　　策展人傅雷在画展结束后的第一天，致函黄宾虹："画会昨晚结束，总共五日，参观人数，就签名者计六百余人，未签名者约有三四倍。售画总数为一百六十件（花卉、字在内），余下十七件暂存敝寓，以待后命。售画总数十四万三千余元，开支总数为一万五千元弱。画册预约已售去百四十六本，亦有七千余元。此次印制画集，非特未出本金，且早有收入，可贺可贺。"

　　无疑，傅雷是策展人，也是经纪人。他为黄宾虹举办的画展取得了社会效益和经济效益的双丰收。黄宾虹的卖画收入，傅雷也毫厘不差地汇给了身在北平的黄宾虹。

二〇一〇年四月

傅雷眼里的张大千

一九三一年秋天，傅雷自法国回到上海，到上海美术专科学校从事美术史教学工作。同时，傅雷介入美术批评，所发表《现代中国艺术之恐慌》《我再说一遍：往何处去？……往深处去！》等文章引起广泛关注。

一九三二年四月，傅雷与庞薰琹等人在上海成立"决澜社"，不久便退出，在中国现代美术史留下一个谜语。但是，离开"决澜社"的傅雷，与庞薰琹一直保持友谊，一九四六年，傅雷依旧为庞薰琹的画展而忙碌。这期间，上海所有的美术展览，傅雷一一过目，或感叹，或褒贬。

一九四六年的上海，画展不断，溥心畬、齐白石、张大千等人先后举办了个人展览，傅雷在十一月二十九日写与黄宾虹的手札中，谈了自己的感想："……逮病体少痊，又为老友庞薰琹兄筹备画会，近始结束。迩来沪上展览会甚盛，白石老人及溥心畬二氏未有成就，出品大多草率。大千画会售款得一亿余，亦上海多金而附庸风雅之辈盲捧。鄙见于大千素不钦佩，观其所临敦煌古迹多以外形为重，至唐人精神全未梦见，而竟标价至五百万元（一幅之价），仿佛巨额定价即可抬高艺术品本身价值者，江湖习气可慨可憎。"

最近，我看到两幅张大千与毕加索的合影照片，尤其是四人合影的那一张，四人正在谈话，张大千偷窥镜头，一脸惬意。为了显示自己与毕加索的关系，张大千在与毕加索合影的一张照片的背后写了一段跋语："此当代大画家毕加索与爰在其别墅所摄，寄与建初贤婿。爰。"

我同意傅雷对张大千的评价，也赞同傅雷对上海盲捧张大千社会心理的分析。傅雷所言"仿佛巨额定价即可抬高艺术品本身价值者，江湖习气可慨可憎"，更有现实意义。

张大千的确有江湖习气，善于借势，固愿意结交权贵，提升自己的社会影响。张大千也是制造假画的行家里手，时下拍卖行所拍的古画，一定有出自张大千及其弟子之手的赝品。

张大千在上海举办的画展，每幅标出五百万元的高价，的确匪夷所思，但又易于理解。我想，那个画展，一定有诸多党政军商要员参加，这些人曾得到张大千的馈赠，自然会来捧场，甚至用公款买画，揣进私囊。也就是说，张大千画作的高价，是当时利益集团拥趸的，是非正常现象。在傅雷的眼中，"鄙见于大千素不钦佩，观其所临敦煌古迹多以外形为重，至唐人精神全未梦见"。张大千的半斤八两，傅雷当然知道。

那一时期，黄宾虹的一幅山水画，仅几万元，或十几万元，与五百万元的巨额数字相去甚远。但是，傅雷不以画作润格的高低来评判艺术作品，在他看来，黄宾虹的人生历程，学识、趣味、才华，与中国传统文人的"士不可以不弘毅，任重而道远"的价值取向契合，所以，傅雷以一位美术评论家的视点，看到了黄宾虹的与众不同。

傅雷站在艺术的立场上，理性看待同时代的画家，显示出一位批评者的智慧和公正。傅雷对他的批评，体现了批评者依旧有独特的声音，在"画理画论暧昧不明，纲纪法度荡然无存，是无怪艺林落漠至于斯极也"（傅雷语）的现实里，冷静的傅雷，没有被权势吓倒，也没有被商业的烟尘迷住双眼。

那么，傅雷眼睛里的好画是什么样子呢？他直言不讳地指出："以我数十年看画的水平来说，近代各家除白石、宾虹二公外，余者皆欺世盗名。而白石嫌读书太少，接触传统不够，宾虹则广收博取，不宗一家一派，浸淫唐宋，集历代各家精华大成，而构成自己面目。……我认为在综合前人方面，石涛以后，宾翁一人而已。"

二〇一〇年四月

作为书法家的傅雷

持续了相当长的一段时间、并还在持续着，每天的第一件事便是打开《傅雷书信集》，读两通傅雷用毛笔写成的手札。开始我关注手札的内容，致黄宾虹的手札，叙述了二十世纪两位文化巨人的人生行止、审美趣味、商业往来、人际交往，以及北京、上海的风俗。

两人是忘年交，穿梭于北京、上海的手札，写出了我们前辈的风流、高贵、潇洒。这种友情已多年不见，即使想一想，内心也充满了温暖。

关注手札的内容，更多地了解了傅雷与黄宾虹，那些诗情画意的往昔生活，一次又一次激起了我的写作欲望，一个题为《傅雷与黄宾虹》的长篇随笔构思就这样形成了。

至此我才关注傅雷的字。与手札内容相映成趣的行草书，不仅反映了写信人的炽热情感，又呈现出一个雅重行实的君子。我进入了书法审美的状态，我进入了傅雷书法的深处，渐渐地，作为书法家的傅雷在我的眼前清晰起来。

阻挡我对书法家傅雷的认同，是我青少年时代对傅雷的理解。我读过傅雷的许多译著，印象深刻，甚至对我一生产生了重要影响的便是大家熟知的《约翰·克利斯朵夫》《艺术哲学》。那时，我大段大段背诵其中的片段，修饰着自己昂扬的青春岁月。后来，又读到《傅雷家书》，傅雷写给儿子的数百封书信，也写出来一个完美的父亲。于是，在知识与文化被重新评估的中国，傅雷便成为一个时代的精神父亲。不久前，在我做了父亲的时候，我再一次阅读《傅雷家书》，再一次被作为父亲的傅雷激动。这时候的傅雷有多么完美，我不想赋予傅雷更多的意义，我想，傅雷有《约翰·克利斯朵夫》，有《艺术哲学》，有《傅雷家书》，足够了。可是，看《傅雷书信集》，我的"吝啬"是不负责任的。我们挡不住傅雷，本该属于他的没有人可以占有。作为书法家的傅雷，我们必须面对。

对傅雷手札内容的熟读，我了解到在上海的傅雷一边用钢笔译书，一边用毛笔写美术评论；一边与出版商打交道，一边与马公愚、夏丏尊、沈尹默等名流宿儒雅集唱和；一边关注文学艺术的教化，一边经纪书画，还做得井井有条。细腻而博大、精致而深邃的傅雷，在放达处竟然是有谋略地实现着自己的书法家之梦。

傅雷书法得"二王"正传，小楷胎息王献之《洛神赋十三行》，舒朗、雅正，以此写成的经办黄宾虹书画的账目，也遍布阳光，没有一丝一毫的阴冷——收到几件，卖出几件，送人几件，所剩几件，清清楚楚；收到的钱数，哪些存进了银行，哪些汇到了北平，毫厘不差。剩余资金的使用，傅雷自有高见，他反对投资股票，反对黄宾虹做投机生意，支持宾老先生囤积一些上好的宣纸。看看，做买卖，也不离文房四宝，也讲究诗书相映。傅雷的行草书，有王羲之《圣教序》之骨，亦多"二王"尺牍之妙，流畅间不失传统的法度，激越时顿显艺术的雍容。我不知道傅雷与沈尹默是否交流过书写的经验，当我看到沈先生同一时期的行草小字，其中的结体、韵致，与傅字如出一辙。我知道，沈先生的字也是从"二王"中来，海上诸多名家都离不开"二王"，白蕉不是也写得一手这样高逸的字嘛？看来东晋在上海文人的心中并不遥远。

　　当下的文人字已不可观，究其原因，便是心中无古，腕下轻滑。我打开了《傅雷书信集》，终生不会合上。

二〇一〇年五月

一

声名显赫的黄宾虹的八十寿辰，引起多方注意。他的故交学子纷纷致函北平，表达自己对黄宾虹先生的祝福。在北平度日如年的齐白石写《蟠桃图》祝贺。其他好友如瞿兑之、傅沅叔、郭啸麓、黄公渚等，在北海及蛰园分别举行宴会，隆重庆贺。就连北平艺术专门学校的日本主持人伊东哲，也以全校师生的名义为黄宾虹举行了祝寿仪式。只是黄宾虹没有出席。

就在北平的朋友们为黄宾虹八十华诞额手欢呼时，上海友人傅雷、张元济、吴仲炯、邓秋枚、陈叔通、秦更年、高吹万、姚光、王秋湄及女弟子朱砚英、顾飞，为此筹办"黄宾虹八十书画展"。

傅雷是本次画展的主要策展人，他于一九四三年写给黄宾虹的数十通手札，完整记录了这次画展的全部过程。从中我们不仅可以回溯一九四三年十一月在上海举行画展的隆重场面，我们也能感受到傅雷与黄宾虹忘年之交的清澈与醇美和当下难以觅见的诚信与人格。

二

喜欢黄宾虹的傅雷有点着迷，一九四三年五月末，他在上海的一次画展上，见到黄宾虹的山水画《白云山苍苍》，此画在傅雷的眼中是"用笔意繁，丘壑无穷，勾勒生辣中尤饶妩媚之姿，凝练浑沦，与历次所见吾公法绘，另是一种韵味，当即倾囊购归"，如此看来，傅雷收藏黄宾虹的画作已经有一段时间了。

无疑，黄宾虹对傅雷也心存敬念，他于一九四三年六月致函傅雷，"示及《白云山》一轴，谅系前数月间有友约为附加展览之件，事未果行，云托'荣宝'，如何竟莫详其底蕴耳。兹荷奖赍，贮之高斋，且恧且感"。这样的人，操办自己的画展，应该说是一种缘分。

傅雷极其重视黄宾虹画展，他当然知道黄宾虹的艺术实力，他期盼上海有更多像他一样的人，喜欢黄宾虹，又喜欢他的书画作品。傅雷一旦产生新的想法，立刻致书黄宾虹商讨。有时询问，有时建议，有时又提出要求。在六月二十五日的手札中，他写道："尊作展览时，鄙见除近作外，最好更将壮年之制以十载为一个阶段，择尤依次陈列，俾观众得觇先生学艺演进之迹，且于摹古一点，公别具高见，则若于展览是类作品时，择尤加以长题、长跋，尤可裨益后进……将来除先生寄沪作品外，凡历来友朋投赠之制，倘其人寓居海上者，似亦可由主事者借出，一并陈列，以供同好。"

此后的几个月，黄宾虹不断往上海邮寄书画作品，有时也赠送傅雷几件书画作品。傅雷也会根据不同的情况，介绍朋友们购买，有时自己也购得一二珍藏。一九四三年，八十高龄的黄宾虹迎来了创作的巅峰时刻，他住在风雨如磐的北平，在帝都西南角一套简陋的房子里，写字画画。他难得有了好心情，难得不断挥毫研墨，把自己一生的梦想涂抹在暗白色的宣纸上，然后，又将一枚枚沉重而精巧的印章钤在上面。黄宾虹有收藏古印之癖，他曾把收藏的一方刻有"傅雷之印"的古印送给了今天的傅雷，引得傅雷一阵阵感动。

感动以后的傅雷当然要为自己的偶像做一点事情。他致书黄宾虹，询问书画作品的润格，他知道身在北平的黄宾虹的孤独、寂寥、清贫。一位名叫张海清的铁路工人，爱画，不断登门索画，竟至百幅之多，居所命为"百黄斋"。时黄宾虹生活艰辛，张海清常送大米，解黄宾虹一家的饥馑，黄宾虹则以画相谢。傅雷不会不知道黄宾虹在北平的生存现状，即使在筹办画展期间，他也不断帮助黄宾虹卖画，也不断给黄宾虹汇款。一九四三年六月九日，傅雷在致黄宾虹的手札中提到"吾公画事润例，乞寄赐数纸为幸"。六月二十五日，傅雷云"迩来汇京款项又见阻隔，即荣宝斋亦未便，爰恳青岛友人就近由银行汇奉联准券三百元，信已发出数日，赉到之日，尚乞赐示"。由此可见，傅雷汇款北平，已是经常之事了。

　　傅雷甘愿为黄宾虹当策展人，当经纪人，理由非常简单，他懂黄宾虹，懂黄宾虹的艺术。他尽览世界艺术史和中国艺术史，终于发现黄宾虹博大精深的艺术体系和卓越的艺术才华。他于八月二十日写道："昨于默飞处获睹尊制画展出品十余件，摩挲竟日不忍释，名山宝藏固匪旦夕所能窥其奥蕴。"再于九月十一日写道："尊作面目千变万化，而苍润华滋、内刚外柔，实始终一贯。……例如《墨浓多晦冥》一幅，宛然北宋气象；细审之，则奔放不羁、自由跌宕之线条，固吾公自己家数。《马江舟次》一作，俨然元人风骨，而究其表现之法则，已推陈出新，非复前贤窠臼。先生辄以神似貌似之别为言，观兹二画恍然若有所悟。取法古人当从何处着眼，尤足发人深省。"

　　傅雷是年三十五岁，比黄宾虹小四十五岁，几乎有两代人之差。傅雷游学法国，治西洋美术史，对中西艺术的短长有真知灼见。他坚决反对以西洋画的画法来改良中国画，同样，对中国画的陋习也不宽宥。一九四三年六月九日傅雷致黄宾虹的长篇手札，倾吐了一位后学的心声和识见："晚蚤岁治西欧文学，游巴黎时旁及美术史，平生不能捉笔，而爱美之情与日俱增。尊论尚法、变法及师古人不若师造化云云，实千古不灭之理，征诸近百年来西洋画论及文艺复兴期诸名家所言，莫不遥遥相应；更纵览东西艺术盛衰之迹，亦莫不由师造化而昌大，师古人而凌夷。……至吾国近世绘画式微之因，鄙见以为就其大者而言，亦有以下数端：（一）笔墨传统丧失殆尽。有清一代即犯此病，而于今为尤甚，致画家有工具不知运用，笔墨当前几同废物，日日摩古，终不知古人法度所在，即与名

賓虹老先生有道　月來疏於具問恂恐、恂
摯之瞻仰之私未嘗一日言悵近維
暑中揮洒益以
起居藝術為念昨於默私家獲睹
小字翠蘿厓出品十餘件摩挲竟日不忍釋
名山寶藏固匪旦夕所能窺其奧蘊弘
次公聞銅學攷省所進或同道知此學
奮翮手稱廣者定聲大有人在首北畫社

傅雷手札（一）

傅雷手札（二）

作昕夕把晤，亦与盲人观日相去无几。（二）真山真水不知欣赏，造化神奇不知捡拾，画家作画不过东拼西凑，以前人之残山剩水堆砌成幅，大类益智图戏，工巧且远不及。（三）古人真迹无从瞻仰，致学者见闻浅陋，宗派不明，渊源茫然，昔贤精神无缘亲接，即有聪明之士欲求晋修，亦苦一无凭藉。（四）画理画论暧昧不明，纲纪法度荡然无存，是无怪艺林落漠至于斯极也。……其至一二浅薄之士，倡为改良中画之说，以西洋画之糟粕（西洋画家之排斥形似，且较前贤之攻击院体为尤烈）视为挽救国画之大道，幼稚可笑，原不值一辩，无如真理澌灭，识者日少，为文化前途着想，足为殷忧耳。"

这是二十世纪四十年代有关中国绘画艺术的优劣说，中西艺术比较说，中国画的改良说，涉及的问题之深，展望的视角之广，所议论点之准确，我敢说在六十多年前的中国无出其右者。即使在今天看来，傅雷所思考的民族文化与世界文化的沟通，中国传统艺术如何创新，当代绘画的语言弱点等问题，也是学人们争议的焦点。三十五岁的傅雷并不被大多数中国人所知，他优雅的译笔和那本滴血的《傅雷家书》，是他中年以后所为，但，那时候的傅雷对西方文学和传统艺术具有同等高度的识见，是学贯中西的知识分子。

黄宾虹对傅雷有后生可畏之赞。一九四四年七月七日，黄宾虹致傅雷手札中倾吐心声："得上月二十五日赐函，名论高识，倾佩无已。惟荷奖饰逾量，益滋恧感。昔大痴自谓五百年后当有知音，梅道人门可张雀，而且信已画在盛子昭之上；倪云林谓其所画悬之市中，未必能售。

古代且然，今以拙笔幸得大雅品题，知己之感，为古人所难，而鄙人幸邀之，非特私心窃喜，直可为中国艺事大有发展之庆也。"

应该说，傅雷与黄宾虹是中国艺术史上难得的两位君子，鲜见的一对知音。

可以这样说，黄宾虹是民国年间为数不多的拥有市场的画家，又由于年老体衰，书画作品不会轻易送人。但，对傅雷，黄宾虹却表现出十足的慷慨。他常把一些得意之作赠给傅雷，对傅雷的请求，也是有求必应。傅雷写于一九四三年七月十七日的手札，说明了一切："手书并大作十二页均经拜收。屡承厚赐，不知何以言谢，谓以下愚谬荷知遇若是，五衷铭感，楮墨难宣。"

黄宾虹所送，傅雷自购，我敢说，傅雷三十五岁的时候，收藏黄宾虹的书画作品已具有一定规模了。

三

傅雷是一位杰出的策展人。每一次黄宾虹从北平寄书画作品到上海，傅雷都要仔细阅览，并致书黄宾虹，谈自己的理解和认识。傅雷八月三十一日所言："画会杂务，定当唯力是视，悉心以赴。"这通手札，充分体现了傅雷作为策展人的聪明才智。第一，他希望黄宾虹的参展作品能全面体现作者的思想素质和创作才能，又可以较全面表现黄宾虹不同历史时期的艺术特点。第二，在布展上，鳞次栉比地悬挂，显然是对读者的不尊重；疏密得当，才能体现艺术作品的真实面貌。第三，书画作品，是艺术品，一经市场流通，便有商品的属性。一些书画家为体现身价，定作品润格不切实际，往往是有价无市。然而，定价过低，又有可能被画商利用。这样的悖论困扰着傅雷，可他一时也找不出好的办法。

傅雷的想法和困惑，对当代书画策展提供了重要的启示。甚至当代某些策展人的眼光和思路，还没有超越傅雷。可见傅雷策展思想的超前性和完整性。即使这样，傅雷谦虚有加。他在九月二十五日致黄宾虹的手札中说道："值此时艰，吾公盛会竟由愚等后学毛遂自荐，冒昧筹备，亵慢已甚，尤恐措施失当，累及令誉，若能联络同志，多多商榷，则幸甚矣。"

傅雷的认真和细致，也颇值一说。黄宾虹将参展作品分别寄给傅雷和其他友朋，其中一次出现了差错。一九四三年九月二十五日，傅雷对黄宾虹说："顷读十七日大示，借稔历次寄画总数，查第一次十四件（分三包），第二次六件（一包），第三次十二件（一包），共三十二帧，已经吾公核对无误。惟第四次裘宅只收到二十件壹包，足证同日所发之另外壹包二十件未曾送达。应请尊处将八月三十日北京邮局挂号收条贰纸一并送局查询。"

黄宾虹画作数额不明之事，令傅雷忐忑不安。他四处打探画作的去向，又挖空心思寻找画作遗失的原因。十月一日，他为此又致书黄宾虹："再查：裘君取来前寄画封套：二一九七八号为北京八月二十六日（非如尊示之二十八日）十九时邮戳；二二二二六号则因中间封套曾以破烂过甚，弃去一次，不复可查。二四一九号（非如尊示之二四一六）乃高吹万翁寄吾公书件之包皮纸，系北京八月三十日十九时邮戳。以上核对无误。可怪者乃二二二二六号一件，来示云系八月二十九日十二时邮戳，则所遗失之一包二十件，似并非如前示所言，为三十日同时寄发者。若八月三十日，的确同时付邮二件，则其中二四一九号一件确已收到。只须托京局查二四一九号之上下联号，有否尊处寄件，即可明了。裘君托沪局查问结果确有二一九七八一件、二四一九一件。'二二二二六'一件号数，则遍查无着。惟有二二二一六及二二二二〇，余号皆空号。专此渎陈，即乞督核再查。"

十月四日，傅雷继续致书黄宾虹："所可怪者，乃二二二二六号一次，沪总局遍查未有此号。故裘君第二次所收到之十二件（即北平二十六后三十前所发者），是否为二二二二六号，无从证明。总之：倘尊寄裘君名下，共只三次，则裘君收到三次，并无失误。倘寄裘君名下者有四次，则中间失落一次。又历次来示，均言三十日同时寄沪两包，每包二十件。乃最近尊致裘宅信，又谓二二二二六一包，系二十九日发，与前说不符。致疑云重重，更难核对。"

这批画牵动了傅雷的心，他无法接受丢画的现实。十月七日，他又一次向黄宾虹表达自己的看法："尊处八月三十日寄裘府一包之号数，既为二四一九号。复查先生九月七日自京寄敝寓之挂号信，号码为二六六〇，发信日期相去八天，挂号号码相差二百四十一号，甚为合理。更可证同日同时所发之挂号信件，必号数相联。且二万一千余号，根本与二四一九不合，已大可疑。"

怎么办，傅雷只有穷追不舍。他向往黄宾虹，他在心里默默地祈祷，黄宾虹的画丢不了。

果真未丢。当厘清黄宾虹寄沪画作后，傅雷立刻致书黄宾虹："截至目前为止，敝处共存画一百零五件，又联五件，共一百十件，已于十二日复书内详及。所云十二日由新会代发之三十幅，刻上未到，大抵日内必可来申。以此三十件与前收书画合计，确为一百四十件不误。八月三十日邮据倘只有一纸，则当时失件谅在未投邮前已生弊窦，总望珠还，不落匪人或市侩手也。"

真相大白，傅雷长出了一口气。

然后，傅雷以他潇洒、隽永的小楷抄录了"经手宾老寄沪书画总清单""傅宅经收书画细账"清单，向黄宾虹详细汇报了自己在上海收阅书画数目事宜，深得黄宾虹的赞许。

其实，当时的上海并不尽如人意。傅雷在十月十一日的手札中写道："海上艺坛风气败坏已极，朋倚星散，集首为难，即欲结一小小社团且感不易。愚见凤以各自为战，埋首为未来学术作铺路小工，成败一任天数自励，未识北方学人亦有成效可睹之士一通声气乎。"

文人相轻，古今皆然。

然而，傅雷看重文人之间化不开的友谊与情怀，那种可以超越时间的交游与理解，是历史中美好的存在。傅雷努力把这件事办好，他相信，这件注定被后人记住的事，会散发出永恒的墨香。

傅雷深通书画经纪学，他一边为画展的行政工作殚精竭虑，一边为黄宾虹书画作品的营销有的放矢。画展开幕前夕，在傅雷的协调下，黄宾虹即将参展的书画作品已被多人预定。一九四三年十月十八日傅雷致书黄宾虹："昨日吴仲坰、秦曼青、高吹万、姚石子四公来舍，拜观尊作，毋任感奋，姚君并定购花卉一幅，现下已定画件，约如下列：傅定：十件，顾定：一件，姚石子君定：一件，裘定：一件，傅亲友定：四件，合共预定十七件。"十一月四日，傅雷又说："尊画预定已有三十三件，达两万六千元，尚有续定者，前途甚可乐观，足见吾公一生劬学，自有识者倾佩。"

一九四三年十一月十九日，"黄宾虹八十书画展"在上海举行，同时又出版了《黄宾虹先生山水画册》《黄宾虹书画展特刊》。秦更年在画册序言中写道："歙黄宾虹先生今年政八十，海上故人，谋所以娱其意而为之寿者，因驰书旧京，索年时画稿，展览于沪，凡得百许幅；高古苍润，脱去笔墨蹊径，直须于古人中求之，观者莫餍其意以去。"

黄宾虹作长诗《八十感言》，云："……八十学无成，炳烛心未已。云山事卧游，纂述接遐轨。夙昔此微尚，藏箧不弃委。金华予季居，邱壑颇清美……"

上海知名人士陈叔通、邓秋枚、王秋湄、高吹万等人纷纷赋诗作文，称赞黄宾虹为人为艺为学。其中王秋湄在《真画》一文中写道："予于高邮宣公古愚尝论当代画家，古愚推宾虹第一，曰：'是真画也。'……予交古愚尝三十余年，见其素不轻许人，而倾佩宾虹若是。"

傅雷写《观画答客问》长文，全面而系统地论述了黄宾虹的美术创作，他说："常人专尊一家，故形貌常同。黄氏兼采众长，已入画境，故家数无穷。常人足不出百

里，日夕与古人一派一家相守，故一丘一壑，纯若七宝楼
台，或竟似益智图戏，东捡一山，西取一水，拼凑成幅。
黄公则游山访古，阅数十寒暑，烟云雾霭，缭绕胸际；造
化神奇，纳于腕底。故放笔为之，或收千里于咫尺，或图
一隅为巨幛；或写暮霭，或状雨景；或咏春潮之明媚，或
吟西山之秋爽；阴晴昼晦，随时而异；冲淡恬适，沉郁慷
慨，因情而变。画面之不同，结构之多方，乃为不得不至
之结果。"

《观画答客问》得到黄宾虹的高度评价，他写给女弟
子朱砚英的手札提到该文，"鄙人慨画学少人研究，已二
百余年矣。今得渠所论画，颇有见解，以为知己"。

画展取得了预期的成功。书画的销售情况更加乐观。
傅雷在画展开幕的当天夜里，驰书汇报："旧作以年代为
序，新作以尺寸色彩配搭，务期和谐醒目，会场灯光特换
大号灯泡悬挂，亦从宽舒，颇与一般情形不同。各报舆论
甚好，会前预定已有四十一件，今日一日又定去画四十二
件、字十四件（一日内共定五十六件），连前已定出九十
七件，值六万三千元。"十一月二十一日，傅雷继续驰书
汇报："连日会况热烈，堪称空前。上海英文、法文报均
有评论，推崇备至，此历来画会所罕有，非迷信外人，实
以彼辈标准高、持论严，素不轻易捧场如华报之专讲交情
也。"十一月二十四日，画展结束后的第一天，傅雷再度
驰书汇报："画会昨晚结束，总共五日，参观人数，就签
名者计六百余人，未签名者约有三四倍。售画总数为一百
六十件（花卉、字在内），余下十七件暂存敝寓，以待后
命。售画总数十四万三千余元；开支总数为一万五千元

弱。画册预约已售去百四十六本，亦有七千余元。此次印制画集，非特未出本金，且早有收入，可贺可贺。总账尚未全结，且待二三日内收齐画款后，再有详细账目寄奉。大致净盈余在十二万左右。若照历次尊示所开价计，则即全部售完，亦不过十一万余。今敝处权宜酌加，适应沪地情形，故售至十四万余，尚可有余画十七件。"

傅雷干得很棒。

著名画家刘海粟在《黄山谈艺录·傅雷二三事》中说："一九四三年，黄宾虹八十大庆，傅雷为他举办首次个展，这是一件有历史意义的工作。"

二〇〇七年三月

傅雷的手札

"自一九五八年四月底诬划为'右派分子'后，傅雷接受挚友翻译家周煦良教授选送的碑帖，以此养心摆脱苦闷，并开始研究中国书法的源流变迁，既习练书法又陶冶性情，此后写信、译稿一律用毛笔誊写。"这是以往傅雷研究中的一段话，描述了傅雷在反"右派"期间与书法所建立的联系，进而陈述书法对傅雷精神生活的介入。其实，这句话并不完全真实，尤其是"并开始研究中国书法的源流变迁……此后写信、译稿一律用毛笔誊写"，显然忽略了傅雷青少年时代对中国传统书画的热爱，以及傅雷早年使用毛笔的书写习惯。

一九六一年四月，傅雷在致香港演员萧芳芳的一通手札里，谈起了书法：

　　旧存此帖，寄芳芳贤侄女作临池用。初可任择性之近一种，日写数行，不必描头画角，但求得神气，有那么一点儿帖上的意思就好。临帖不过是得一规模，非作古人奴隶。一种临至半年八个月后，可再换一种。

字宁拙毋巧，宁厚毋薄，保持天真与本色，切忌搔首弄姿，故意取媚。

划平竖直是基本原则。

一九六一年四月怒庵识

这通手札，是傅雷学习书法的经验之谈，同时，也准确体现了中国书学的核心思想。第一，临帖求神似，得一规模足矣，不做古人的奴隶。第二，字宁拙毋巧，宁厚毋薄，保持天真与本色，切忌搔首弄姿，故意取媚。傅雷无疑受到了傅山的影响。傅山的"宁拙勿巧，宁丑勿媚，宁支离勿轻滑，宁真率勿安排"的阐述，揭示了中国书法的美学观。作为学贯中西的翻译家、艺术评论家，傅雷完全同意傅山的艺术观点，将此看成艺术坐标，并告诫晚辈领悟恪守。

致萧芳芳的手札清纯、雅致，线条遒劲，结构张弛有度，于法度中可见自如、散淡。这是傅雷随意写成的，没有完全遵守传统手札的平阙形制，仅是为了告诉萧芳芳"保持天真与本色，切忌搔首弄姿，故意取媚"的写字的规则。

其实，这也是做人的规则。一九六一年的傅雷已成为"右派"，属于社会中的另类，但他并没有降低自己的道德要求，依旧读书、译书；依旧给远在异国他乡的儿子傅聪写长长的家书，告诉他做人的道理，学习的目的。只是写信的工具改变了，从开始的毛笔，变成了钢笔。

本来傅雷是习惯用毛笔写信的，这是中国文人的风雅。

一九三三年，已在法国完成学业的傅雷，正在上海美专教美术史。该年的十二月一日，他写给时任上海中华书局编辑所所长舒新城的书札，即是以毛笔书就。此后，他的多数信函，基本沿袭着传统手札的形式——以毛笔书写，起首、正文、结尾，修辞、遣句，表意、抒情，不越古人藩篱，博雅、圆融，洞达、空灵，洋溢着中国文人的精神风尚与诗意才情。十年以后，傅雷开始与黄宾虹通信，他在十年时间里写给黄宾虹的一百一十七通手札，不仅是傅雷书法作品的集大成，更是傅雷人格、思想、才干、修养的具体体现。

手札，最早为一种文体的名称。牍，古代书写用的木简。用一尺长的木简做书信，故称手札。

中国书法史中的经典作品，如王羲之的《快雪时晴帖》《寒切帖》《姨母帖》《十七帖》，陆机的《平复帖》，颜真卿的《争座位》《祭侄稿》，杨凝式的《韭花帖》《夏热帖》等，都是作者的手札，并不是以艺术创作的自觉心态所实现和完成的书法作品。

傅雷熟知中国艺术史，他深知，对世界艺术的解读不能脱离中国书法。即使写《世界美术二十讲》，他也是用毛笔书就。显然，傅雷对书法的尊重是一种文化自觉，正如同他留给我们的手札，本无意做书法家，却在自己的文化生活中承续了书法的正脉，成为一个时代无出其右的书法家。

一九六六年九月二日，傅雷写了最后一通手札，还是毛笔、古法，收读人是朱人秀。这是一封遗书，第十三条写道：自有家具，由你处理。图书字画听候公家决定。

傅雷是一位收藏家，仅黄宾虹的书画作品，他藏有一百多幅。一些作品自购，一些作品为黄宾虹等人赠送。

中国文人极其重视手札书法，他们知道，一通手札，有可能比一部书的文化分量还要重，片言只字，比八尺长幅书法的价值还要大。鲁迅在《孔另境编"当代文人手札"钞》一文中说："远之，在钩稽文坛的故实，近之，在探索作者的生平。而后者似乎要居多数。因为一个人的言行，总有一部分愿意别人知道，或者不妨给别人知道，但有一部分却不然。然而一个人的脾气，又偏爱知道别人不肯给人知道的一部分，于是手札就有了出路。……所以从作家的日记或手札上，往往能得到比看他的作品更其明晰的意见，也就是他自己的简洁的注释。"

鲁迅所说，正是傅雷所做。由于傅雷具有丰厚的传统文化修养和高度的文化自信，他写手札的确动了"心机"。他于一九四三年至一九五二年写给黄宾虹的手札笔锋墨润，格调高迈，既考虑到受书人的文化素养，也时刻注意到自己的文化形象。字迹清朗，语言古雅，说理时逻辑谨严，叙事时前后贯通，不煽滥情。那一年傅雷年仅三十五岁，"傅译"还没有成为一个国家的文化事实，年轻的傅雷仅以《中国画论之美学检讨》《观画答客问》《论张爱玲小说》等一系列艺术评论文章，在上海崭露头角。但，傅雷的气势已锐不可当。

一九四九年以后，傅雷因翻译西方古典文学名著声誉日隆，成为新中国的公众人物。

一个无可争议的文化精英，对自己的手札更加重视了。《傅雷家书》是傅雷致黄宾虹手札以后所写的又一批手札作品，也是傅雷手札书法中的经典之作。一九五四年一月十八、十九日，傅雷给傅聪写了第一通手札，毛笔，竖写，语多关切且情感细腻，承接着傅雷手札的传统。此后，傅雷写给傅聪的所有手札，均亲自编上号码。

傅雷书法胎息魏晋，"二王"意趣浓郁，萧散、稳健、精致、隽永，具有极高的审美价值。傅雷准确领悟了以"二王"书法为代表的帖学的艺术核心，也就掌握了中国传统手札书写的技术要领和艺术特点。傅雷写给黄宾虹的手札，严格遵守传统手札的平阙形制。另外，傅雷惯于使用侧书，行文涉及自己，必以小字写于右侧，以示谦逊。平阙形制，首先是强调等级、长幼尊卑。另外，平阙形制也极大丰富了手札的表现形式，促进了手札的风格变化和节奏变化，既体现了中国书法的绚丽多姿，也表现了书法家不同的书写特点和不同的个性特征。

傅雷严格恪守传统手札的道德规范和技术要领，在张弛有度、笔力轻缓、情绪起伏中，准确传达着自己的诉求、识见，留给我们一通又一通古意盎然、简远飘逸、旷达超脱、理清意重的手札作品。

由于傅雷基于现实目的和理意表述，没有刻意追求手札的未来意义，极大拓展了手札的表现空间。这一点，他致黄宾虹的手札体现得尤其充分。一九三五年傅雷与黄宾虹定交于刘海粟家。此后，人画俱老的黄宾虹成为青年才俊傅雷的偶像，傅雷也成为黄宾虹心目中识画懂画的知己。一九四三年五月二十五日，傅雷致黄宾虹的第一通手札可管窥一斑，"八年前在海粟家曾接謦欬，每以未得畅领教益为憾。……此次寄赐法绘，蕴藉浑厚，直追宋人而用笔设色仍具独特面目，拜领之余，珍如拱璧矣"。

此后，他在致黄宾虹的手札中屡此就黄宾虹的画作和中国传统书画艺术表达自己的认识。一九四三年，他在上海与其他友朋为黄宾虹八十诞辰筹办画展，他在六月二十五日的手札中写道："尊作展览时，鄙见除近作外，最好更将壮年之制以十载为一个阶段，择尤依次陈列，俾观众得觇先生学艺演进之迹，且于摹古一点公别具高见，则若干展览是类作品时，择尤加以长题、长跋，尤可裨益后进……将来除先生寄沪作品外，凡历来友朋投赠之制，倘其人寓居海上者，似亦可由主事者借出，一并陈列，以供同好。"

傅雷与黄宾虹的手札的内容综述如下：第一，坦陈自己对黄宾虹的敬仰；第二，筹办黄宾虹画展前后的行政事务；第三，经纪黄宾虹书画的账目往来；第四，探讨中国书画艺术，包括对当下个别书画家的批评。

相比较，《傅雷家书》作为手札书法的整体结构，逊色于与黄宾虹的手札。首先，时代的变化，或多或少改变了傅雷的心态，不得已"与时俱进"。另外，傅雷是给晚辈写信，不再遵守严格的平阙形制，谆谆教诲，替代了直抒胸臆。甚至为了更好、更快地向儿子传达自己的思想感情，改用钢笔书写，从本质上摧毁了手札的历史深度和文化意义。

二〇〇七年十一月

傅雷与张弦

　　傅雷的文字如沉潜岩石底部的水，清澈、寒冷、纯粹、真挚。没有淡定的心境，没有深远的目光，何尝为之。关于张弦的画，傅雷有一段深入骨髓的描写，不佞以为，这段描写，是中国画评中的绝唱——他能以简单轻快的方法表现细腻深厚的情绪，超越的感受力与表现力使他的作品含有极强的永久性。在技术方面他已将东西美学的特征体味融合，兼施并治；在他的画面上，我们同时看到东方的含蓄淳厚的线条美和西方的准确的写实美，而其情愫并不因顾求技术上的完整有所遗漏，在那些完美的结构中所蕴藏着的，正是他特有的深沉潜蛰的沉默。那沉默在画幅上常像荒漠中仅有的一朵花，有似钢琴诗人肖邦的忧郁孤洁的情调（风景画），有时又在明快的章法中暗示着无涯的凄凉（人体画），像莫扎特把淡寞的哀感隐藏在畅朗的快适外形中一般。节制、精练的手腕使他从不肯有丝毫夸张的表现。但在目前奔腾喧扰的艺坛中，他将以最大的沉默驱散那些纷黯的云翳，建造起两片地域与两个时代间光明的桥梁，可惜他在那桥梁尚未完工的时候却已撒手！

张弦（一八九八——一九三六），字亦琴，浙江青田县城鹤城镇后街人。上海美术专门学校、国立杭州艺术专科学校、中央大学（南京）艺术系教授。现代著名美术家。

张弦死得太早了，以至于我们已经看不清他的面影。如果没有傅雷发表于一九三六年十月十五日上海《时事新报》上的文章《我们已失去凭藉》，还有傅雷致刘抗手札对张弦的屡次提及，我们对张弦的了解，对张弦的兴趣，恐怕要推后许多年。

张弦不是显赫的画家，他没有给既得利益阶层带来足够的好处，对他的研究自然轻浅。在关于张弦有限的材料中，我们知道这位画家于一九二四年自费到法国留学，在巴黎美术学院学习西方美术。这时候，周恩来也在法国勤工俭学，张弦与之有过一点交往。毕竟是自费生，没有权贵子弟的骄奢，他闭门画画，作品在世界油画素描比赛活动中获奖。法国大画家爱奈士罗伦赏识张弦，称其为"第一高才生"，毕业后，被校方留下任教。一九二八年，张弦回国到上海美术专门学校任油画教授、艺苑研究所指导。一九二九年，由刘海粟资助，再度赴法进修西洋画，就学罗辛门下。一九三一年学成归国后，曾受蔡元培之聘先后任教于国立杭州艺术专科学校（中国美术学院前身）和中央大学（南京）艺术系教授。张弦调动中国传统美术和民间美术的资源，试图寻求油画的创新。他像科学家一样，在画室里调试色彩，进行试验，进而取得了当时中国油画创作的突破。因此，有人说"在国内现有的西画家中，张弦可以说是稀有的一个"。

一九三六年，经何香凝推荐，张弦准备到北平作颐和园宫图，这是蒋介石、汪精卫安排的，拟定半月薪金二千银元。学校暑假在即，张弦先回青田度假。在鹤城埠头瓯江洗浴时，发现儿子不在身边，突起幻觉，导致精神失常，肝病复发，在温州白累德医院逝世，时年三十九岁。

张弦之死，傅雷倍觉痛惜。为纪念张弦，傅雷和刘抗等人策划的《张弦遗作展》，于一九三六年十月十四日在上海大新公司四楼开幕，蔡元培、刘海粟、潘玉良、刘抗、王济远，还有上海市商会主席王晓籁，以及张弦的学生、友朋等二百余人参加了开幕式。次日，《申报》报道了张弦遗作展。在遗作展上，蔡元培先生发表演说，称赞张弦艺术高超，可惜天不永年，并呼吁爱好艺术的同志勇于购藏张之遗作，一则可永资纪念，一则也因为张身后萧条，可为寡妻孤雏筹措资金。当时身为美专学生的王琦花了十五元大洋购得了一幅张弦的上色素描，这幅作品在数十年以后，捐赠给了中国美术馆。

《张弦遗作展》结束了，傅雷的工作并没有停止，他依旧为张弦的后事奔忙，写怀念的文章，推介他的画作。一九三六年十一月二十一日，傅雷与刘抗、邦干、瑶章小姐的手札中强调"张弦的画款须得早早收集"。一九三六年十二月六日，傅雷与刘抗的手札再次提到张弦，"张弦的气死，越想越应该，像他那样刚烈的人怎能不气呢""张弦的死对我精神上的打击，就是这个缘故。从前苏子由给他的老兄苏东坡的诗中有两句，我一向记得很清楚，叫作：与君世世为兄弟，更结来生未了缘……""倘张弦尚在，我恐尚不能尽窥你的肺腑，言之尤潸然欲涕！"

时隔二十五年，也就是一九六一年，傅雷与远在新加坡的刘抗再度建立起了联系，这年的七月三十一日，傅雷与刘抗的手札，又一次深情地提到张弦："生平自告奋勇代朋友办过三个展览，一个是与你们几位同办的张弦（至今我常常怀念他，而且一想到他就为之凄然）遗作展览会；其余两个，一是黄宾虹的八秩纪念画展（一九四三），为他生平独一无二的'个展'，完全是由我怂恿他，且是一手代办的。一是庞薰琹的画展（一九四七）。"

对张弦的念念不忘，源于傅雷对现实的种种失望，他说："我们沉浸在目前臭腐的浊流中，挣扎摸索，时刻想抓住真理的灵光，急切地需要明锐稳静的善性和奋斗的气流为我们先导，减轻我们心灵上所感到的重压，使我们有所凭藉，使我们的勇气永永不竭……现在这凭藉是被造物之神剥夺了！我们应当悲伤长号，抚膺疾首！不为旁人，仅仅为了我们自己！仅仅为了我们自己！！"

二〇一〇年六月

钟情李流芳

傅雷《世界美术名作二十讲》，展露了傅雷对西方美术史的熟稔。读着这本书，徜徉在西方文艺复兴到浪漫派美术的文字长廊，惊讶一位画家的不同凡响，感受一幅画的与众不同。那时候，心中的傅雷属于西方，这本书和他翻译的西方名著，让我们坚定地相信，傅雷是绅士，是喝咖啡、抽雪茄的绅士，是流利地说法语、英语的绅士。这样的形象，由上海做背景，再妥帖不过了。

《傅雷家书》撕开了一道窥视傅雷精神世界的缝隙，写给儿子的信少不了道德说教，但更多的是对文学、音乐、美术的真知灼见，是对世事、人情、品格的至理名言。这一次探险般的窥视，终于发现，傅雷的心中耸立着柔和的东方，他的君子气质，正源于他对东方的依恋。好一个绅士，好一个君子，傅雷无与伦比。

与黄宾虹的一百余通手札，读了二十年，还在读，常读常新。如果说《世界美术名作二十讲》和傅译的西方文学名著，让我们看到了傅雷绅士的一面，那么，在与黄宾虹的手札中，傅雷君子的清雅，东方的教养，大开眼界，以至于对自己的浅陋怎么也不能宽宥。原来，对西方美术娓娓道来的傅雷，对东方书画也如数家珍。这些手札，是书画评论家的手札，是策展人的手札，也是收藏家的手札。其中记载了傅雷对明代画家李流芳的钟情。

李流芳（一五七五——一六二九），字茂宰，又字长蘅，号檀园、香海、泡庵，晚号慎娱居士。安徽歙县人，侨居嘉定（今属上海）。与唐时升、娄坚、程嘉燧并称"嘉定四君子"，与钱谦益友善。在晚明与董其昌、陈继儒等人被称为"画中九友"。李流芳擅画山水，笔墨苍劲腾逸，气韵俊爽。绘画风格靠近吴镇、黄公望。李流芳是明朝万历三十四年（一六〇六）的举人，诗词、文赋气畅意深，文辞典雅，书法轻松舒畅，刚健婀娜，得苏东坡笔意。明朝天启二年（一六二二），李流芳进京会试，闻听宦官魏忠贤专权排斥异己，义愤填膺，赋诗离去，从此专事书画创作、文化研究。著有《檀园集》。

傅雷钟情李流芳。一九四四年夏天，傅雷在上海，参观某古画展览会，见到李流芳的二尺小轴山水，以当时货币一千五百元购得。这幅画究竟什么样子呢？傅雷于一九四四年七月十六日致函黄宾虹，谈到自己的印象："……笔致明朗爽硬，皴法甚简，用墨略似梅道人，而骨子仿佛源自大痴，题款行楷秀丽可爱，较印刷品所见者较为柔媚，署名上有天启元年字样，当为李氏四十七岁作，距卒年仅隔八载，布局较为平实，繁密不若画册上所见之疏朗稀少，未审李氏早作晚作风格果有繁简之别否？画心已极陈旧破碎，补缀处历历可辨，故全画神韵未能饱满，以其价廉，故不问真赝购归。"

这幅画有四句题诗："秋窗日日晴云里，何事烟岚暗不开。看到墨花零乱处，楚山天半雨声来。"落款为：天启元年四月李流芳。钤有白文印"李流芳印"，朱文"长蘅"。画作还钤有"珍□山馆珍玩""宛安山房秘笈印""石泉山房珍藏"等三枚收藏印。

尽管傅雷不敢断定这幅作品的真伪，他还是细致研究了，并把自己掌握的材料告诉黄宾虹。也许，他想借黄宾虹的眼光，对自己购买的李流芳的二尺画作进行最后的鉴定。

披阅《黄宾虹文集·书信编》，未见回复傅雷写于一九四四年七月十六日的手札，也就是说，对李流芳的这幅作品，黄宾虹没有提出过意见。

二〇一〇年六月

谁看到了汉印『傅雷』

一九四三年九月二十五日，傅雷致函黄宾虹，着重谈了黄宾虹邮寄上海的参展作品，对作品能否平安抵达上海而忧虑。末了，傅雷笔锋一转，说道："……承示汉印可与贱名相同，可谓幸遇，倘荷代购暂存已亟心感，赐赠万不可当，价款稍迟并算。"

显然，黄宾虹得汉印"傅雷"印，与翻译家、文艺评论家傅雷一名同，计划送与傅雷为念。

对书画与古物，傅雷舍得花钱，因此，他对黄宾虹云"赐赠万不可当，价款稍迟并算"，绝不是谦辞。

陈叔通为黄宾虹撰写的一则简介，言简意赅，高度概括了黄宾虹不平凡的一生："黄质，字朴存，又字宾虹，亦字予向，后以宾虹为名，安徽省歙县人。清末从事革命。辛亥以后，专攻画。富收藏，尤富钤印，有《滨虹草堂印谱》初集至四集。好游山水，画乃益进。晚年善水墨作法，加浅绛青绿，与油画合于一炉。能作古篆。著古钵释文、纪游诗草。"

其中"富收藏，尤富钤印"句，可窥黄宾虹在钤印收藏和研究领域的成果。

不错，黄宾虹对三代印章古玺研究尤深，每于市肆所见，倾囊购买，积珍品达一千枚之多。黄宾虹在《八十自叙》中说道："……频年收获之利，计所得金，尽以购古今金石、书画，悉心研究，考其优绌，无一日间断；寒暑皆住楼，不与世俗往来。"他先后撰写并发表了《叙摹印》《金石学之津逮》《虹庐笔乘》《滨虹草堂集古印谱序》等印学文章。黄宾虹用文言写作，文字简洁，观点明确，搜集材料竭泽而渔。张桐瑀在《中国书法艺术大师——黄宾虹》一书中写道："黄宾虹对三代古文字一直研究不辍，研究论文及印谱常刊行于世。所搜寻的周秦古印日见丰富，收藏枚数在上海已属前茅。"

我想，在中国，收藏周秦古印，黄宾虹也无人比肩。

汉印"傅雷"印一定是这一时期觅得，与傅雷相识，便慷慨相赠。文人的痴古情调，于此可见一斑。

这件事，这枚印，我一直心向往之。读傅雷的文章，一直小心，生怕漏掉提及汉印"傅雷"的文字。可是，翻来覆去地读，也没有看到对这枚汉印的述说，是黄宾虹没有送，还是傅雷没有要，不得而知。咸读黄宾虹致傅雷手札，依旧得不到回答。曩去京北拜望傅雷次子傅敏先生，询问汉印"傅雷"，傅敏语焉不详。

傅雷致黄宾虹的一百余通手札，表现出傅雷较高的书法审美水平和书法创作能力。傅雷作手札之余，能否创作一些不同尺幅的书法作品，在这些书法作品中能否使用汉印"傅雷"印？研究傅雷手札之余，虽留意傅雷的书法作品，遗憾，却无从觅得，所以也就没有机缘看到汉印"傅雷"了。

二〇〇八年九月

对吴大澂的了解多过吴湖帆。不过，在近现代中国，这对爷孙的确非同凡响。前者是清王朝的重臣，又是收藏家、书法家。提到收藏，吴大澂的一桩趣事值得一提。光绪二十一年（一八九五），李鸿章赴日签订了丧权辱国的《马关条约》之后，中国不仅要割让土地，还要赔款二亿两白银。此条约让中国坠入深渊。此时，身处官场之外的吴大澂忧心忡忡，他于五月二十五日给湖广总督张之洞发去急电："倭索偿款太巨，国用不足，臣子当毁家纾难。大澂廉俸所入，悉以购买古器，别无积蓄，拟以古铜器百种、古玉器百种、古镜五十圆、古瓷器五十种、古砖瓦百种、古泥封百种、书画百种、古泉币千三百种，古铜印千三百种、共三千二百种，抵与日本，请减去赔款二十分之一。请公转电合肥相国，与日本使臣议明，作抵分数。此皆日本所希有，置之博物院，亦一大观。彼不费一钱而得之，中国有此抵款，稍纾财力，大澂借以伸报效之忱，一举而三善备焉。如彼允抵，即由我公代奏，不敢求奖也。鄙藏古器、古泉，日本武扬（前任驻华公使）曾见之，托其转达国王，事或可谐。"

张之洞乃当朝著名臣工，熟知外交事务，当然知道日本向国家索要什么。因此，他在给吴大澂的电文讲到，吴大澂的文物抵不了赔款二十分之一："窃谓公此时不可再作新奇文章，总以定静为宜。拙见如此，采纳与否，统请尊裁。"奉读张之洞电文，吴大澂无言以对。国破草木深，试图以一己之力为国家尽忠的愿望落空了，但，他不惜自己的财力，敢于表达自己为国分忧的态度，足以让我们敬重。

吴湖帆也是名闻遐迩的画家、收藏家，家世背景深厚，影响广泛。应该说，吴湖帆也是响当当的名士，用他的孙子吴元京的话说："我爷爷不但是一位书画家，而且也是著名的词人和收藏家。数科俱精，这在现代画坛上也是罕见其匹的。爷爷的画，特别是山水，缜密雅腴，具宋、元以来各家之长。他的书法，正、草、隶、篆，无一不精。他的收藏，以品类之全、精品之多而享'富甲江南'之名。而在鉴赏方面，更素有'一只眼'之称，经他手抢救过不少古画，也查出过制作精密的赝品。爷爷喜欢词，画中题跋经常用词填。他的词集《佞宋词痕》，也是现代词林的名作。"孙子看爷爷，容易看出高大。

吴湖帆活跃在上海，傅雷看在眼里。这些因素，没有影响傅雷对吴湖帆画作的解读，他依旧以自己眼光，作出自己的评介。一九四四年七月十六日，傅雷与黄宾虹的手札中，评吴湖帆如是说："……吴湖帆君近方率其门人一二十辈，大开画会，作品类多，甜熟趋时，上焉者整齐精工，模仿形似，下焉者无色杂陈，难免恶俗矣。如此教授为生徒鬻画，计固良得，但去艺术则远矣。"

这时候的傅雷，对当代文学、艺术悉心关注，高论横世，令人瞠目。

显然，吴湖帆"率其门人一二十辈，大开画会"，出于商业目的。不能说吴湖帆对，也不能说吴湖帆不对，这是吴湖帆的品位和追求。一个二流"太子党"，指望他忧国忧民也是不现实的，希望在他的画作里看到深刻的思想更是痴人说梦。傅雷对他的批评，体现了批评者依旧有独特的声音，在"画理画论暧昧不明，纲纪法度荡然无存，是无怪艺林落漠至于斯极也"（傅雷语）的现实里，冷静的傅雷，没有被权势吓倒，也没有被商业的烟尘迷住双眼。

二〇一一年六月

傅雷的一首情诗

　　一九三六年十一月，河南一个无雪的冬天，傅雷开始了自己难忘的中原之旅。不久前，好友张弦刚刚辞世，内心的凄苦、哀伤，把他的心一次次撕裂。他在痛苦中接受腾固的邀请，以中央古物保管委员会成员的身份，到洛阳、开封等地考察。

　　嗜古成癖的傅雷，对中原古城有着美好的想象。可是，当他踏上洛阳的土地，目睹失去神韵的残垣断壁，大失所望。一九三六年十一月二十一日，傅雷与刘抗、邦干、瑶章的书信中谈了自己的所见和感受："别来经旬，中州道上仆仆风尘，真是名不见虚传。北来别无所苦，惟尘灰蔽目与客中枯索为两大恨事……"五天之后，傅雷再一次向刘抗抱怨："洛阳这地方真是徒有虚名。我这一次的来，大半可说上了腾固的当。要是知道这么繁重的工作和不大安全的环境，我一定不会无条件答应下来的。……想起这洛阳，从周代到汉晋南北朝，都是争战之场，也是广厦千间、宫殿万重的名都，而今铜铃荆棘，惟土墙败垣纵横目前而已，哪还有丝毫古都的痕迹，如罗马那样？……"

显然，傅雷把自己的中原之旅当成了错误。

然而，中原之旅对于傅雷并不是一无所获，对龙门石窟，"要摄影，要测量，要绘画，要记述，要考据"，条理清楚的田野调查，对于傅雷的学术研究当然不无裨益。另外，他在洛阳结识的"汴梁的姑娘"，几近让他的情感窒息。一九三六年十二月六日，傅雷与刘抗的书信，着重描绘了自己对"汴梁的姑娘"的印象："你可猜一猜，这汴梁的姑娘是谁？要是你仔细地读，一句一句留神，你定会明白底蕴。过几天，我将把她的照片寄给你（当然是我们拍的），你将不相信在中原会有如是娇艳的人儿。那是准明星派，有些像嘉宝，有些像安娜斯丹，有些像……我叫不出名字而实在是很面熟的人……（我又想起张弦了，若他生时见到，一定要为她画许多肖像的）你可猜一猜，我和她谈些什么？要是你把我的性格作一番检阅，你也不难仿佛得之。我告诉她我的身世，描写我的娇妻、爱子、朋友，诉说我的苦闷，叙述我以前的恋爱史。"

无疑，傅雷把"汴梁的姑娘"看成了红颜知己。

一九三六年的傅雷二十八岁，与朱梅馥结婚，长子傅聪已经出生。与"汴梁的姑娘"交谈，没有回避"娇妻、爱子、朋友"，尽管也谈到"苦闷""以前的恋爱史"，彼此的心情还是阳光明媚的。与刘抗的书信，傅雷强调："不用担心，朋友！这决没有不幸的后果，我太爱梅馥了，决无什么危险。"

不管怎么说，"汴梁的姑娘"是让傅雷心动的姑娘，不然，他怎么可能为"汴梁的姑娘"写出一首如此情真意切的诗歌：

汴梁的姑娘，
你笑里有阳光。
柔和的气氛，
罩住了离人——游魂

汴梁的姑娘，
你笑里有青春。
娇憨的姿态，
惊醒了浪子——倦眼

汴梁的姑娘，
你笑里有火焰。
躲在深处的眼瞳，
蕴藏着威力无限。

汴梁的姑娘，
你笑里有欢欣。
浊世不曾湮没你的慧心，
风尘沾污不了你的灵魂。

啊，汴梁的姑娘，
但愿你灵光永在，青春长驻！
但愿你光焰恒新，欢欣不散！

汴梁的姑娘

啊……汴梁的姑娘!

诗是内心的写照,傅雷对"汴梁的姑娘"的确有自己独到的发现,其至被"汴梁的姑娘"的美征服。傅雷的感受向刘抗交代了:"我的爱她亦如爱一件'艺术品',爱一个无可奈何的可怜虫,爱一个不幸运而落在这环境里的弱女子。要是我把她当作梅,当作我以往的恋人,当作我好友的代表,而去爱她,那又有什么不好?实在说来,我爱她,更有些把她作为孤苦无告的人类代表而爱的意思。……要是我(可惜!)能够作谱,我一定要为她写一篇 Nocturne 或者整个的 Sonata,我要把胸中郁积着的万斛柔情千钟浩气一齐借她抒发出来。然而我只能写出这么可怜的诗!没有天才的创造者,没有实力的野心家,正好和弥盖朗琪罗处于相反的地位!唉!"

傅雷可爱的一面亦如此生动。

在洛阳,傅雷放大了两张"汴梁的姑娘"的照片,在照片的一角,傅雷题写了几句法文:"亲爱的圣母,贞洁的处女,祝你可爱的微笑永不消失!祝你光华的前程永远灿烂!"一张送给了"汴梁的姑娘",另一张他挂在了自己的房间。

不止如此,傅雷还把"汴梁的姑娘"的照片放大到十二英寸,让朋友邦干送到《美术生活》杂志上发表。

至于邦干是否将"汴梁的姑娘"的照片送到《美术生活》编辑部了?是否发表了?未进一步考证,故无结论。

二○一一年六月

收藏黄宾虹

　　傅雷对黄宾虹的研究持久而深入，在他的眼睛里，黄宾虹是中国美术史杰出的代表，是一位难以逾越的大师。

　　既然是美术史杰出的代表，是一位难以逾越的大师，有着收藏嗜好的傅雷，当然会长时间观察黄宾虹，购买、接受馈赠，在十多年的时间里，傅雷集藏了近百幅黄宾虹的书画作品。

　　黄宾虹是一位具有文人气质的书画家，胸襟、思想、才气，画坛无出其右者。面对收藏者，黄宾虹极其挑剔，他向傅雷表示，士人作品最好不鬻，不然会有明珠暗投之叹。对此，傅雷十分理解，即使"惟生活所迫，即元代高士亦难免以之易米耳"，傅雷依旧尊重黄宾虹的感受，尽量选择审美趣味较高的人绍介黄宾虹的画作。

　　一九四五年十二月二十七日，傅雷致黄宾虹的手札，就是最好的说明："宾虹老先生座右：顷奉教言并阳朔山水十二页、小屏二帧、跋二纸，拜收无误。山水册遵命敬领，笔法墨法变化万千，又兼佳纸相得益彰。敝藏从此又添一宝，私心喜悦何如！……敝处历来传播法制，均以不落俗手为原则，且寒斋往来亦无俗客，而多寒士，大抵总不至使吾公有明珠暗投之叹，可以告慰耳。兹随函附上白纸八方，系敝友严君重托代求山水小册，润资八千，且已送下，谨附此次汇款内一并汇京。……"

"敝藏从此又添一宝，私心喜悦何如！"一九四五年的傅雷，所藏黄宾虹的作品看来已有规模。

高士之间的交往通达、顺畅。对于超级粉丝傅雷，黄宾虹愿意与其高谈阔论，至于画作价格的高低，从不关心。一九四五年十一月十六日，黄宾虹致傅雷的手札明确表示："……拙笔所存旧作以法北宋为多，黝黑而繁；近习欧画者颇多喜之。然中国画仍当以元人为极则。惟明人太刚，清代太柔，皆因未从北宋筑基。此后有纯用线条之拙笔一种，当奉教。窃以为可成个面目或在此，尚未敢言。多收藏古画者亦许可。将来可寄上拙画，请甄别与人，择其尤劣，祈删出；间有可观者，如合尊意即留之；或有同好，不必较及锱铢耳……"

"间有可观者，如合尊意即留之；或有同好，不必较及锱铢耳。"如果没有看破红尘的眼力，没有对荣华富贵的不屑，没有艺术家的思想深度，无论如何说不出这番话的。

黄宾虹的气质，征服了傅雷。他便在新中国成立前后，一门心思地想着黄宾虹；他把黄宾虹的书画作品，当成了中国读书人的人格反映：

顷奉上月二十五日来示并尊绘扇面，拜谢拜谢。大笔老而愈壮，愈简愈炼，而亦愈蕴藉、愈醇厚，题识所云适足与尊画互相发明，传诸后世永为楷式，启迪来者功岂浅鲜！不徒为寒斋矜为秘宝已也。……（一九四四年八月一日）

去冬尊书篆联，在画会中为人于第一二日争购一空，深以未获墨宝为憾。兹拟拜求七言一联，大致三尺许，琴对格式稍带长为便，如蒙将释文录示尤感。润资容后一并汇奉不误。……（一九四四年八月三十日）

最近又蒙惠寄大作，均拜收。墨色之妙，直追襄阳房山，而青绿之生动多逸趣，尤深叹服，谨当候机代为流散以同好……（一九五二年五月二十五日）

在杭叨扰多日，深恐过于劳顿；夫人殷勤相款，亦以精神亏损为虑。携沪画件，承慨允割爱，尤见盛情。兹将题款另纸录奉，尚盼摘示价款，俾便将不足之数即日汇杭。……（一九五四年十一月十三日）

一九五五年三月，黄宾虹在杭州辞世。一九五四年十一月十三日的手札，是傅雷致黄宾虹最后的一通手札，所谈依旧是画。可以这样说，傅雷与黄宾虹识于一九三五年，在二十年的交往中，画、道义、友情，一直是彼此的话题。因此，傅雷的收藏，就不单单是对一幅画作的拥有，分明是对黄宾虹精神、操守、思想和艺术的拥有。

二〇一一年七月

微词『扬州八怪』的理由

一九六一年九月三十日，上海一家报纸刊出傅雷"右派"帽子摘掉的消息。在家里吧嗒烟斗的傅雷看到了这则消息，脸上没有一丝笑容，闷闷地说："当初给我戴帽，本来就是错误的。"言毕，白烟从他的嘴里袅袅而出。

这句话符合傅雷的性格，恃才傲物又倔强耿直的傅雷，向来我行我素。

三个月前，还是"右派"的傅雷给远在新加坡的刘抗写信，没有一丝一毫的顾忌，谈人言艺，还是以往的习惯，想到什么，就说什么。尽管这样的习惯让他时常吃亏，他依旧无所忌惮，依旧口无遮拦。

写于一九六三年七月三十一日的信是一封长信。写这封信时，傅雷有一点儿女情长，与刘抗叙旧，满含深情。他谈到自己的现状，谈到傅聪在国外的情况，谈收藏，品书画，其乐融融。然而，傅雷笔锋一转，臧否人物，说古论今，痛快淋漓。其中，对扬州八怪的微词引起了我的注意。

李玉棻《瓯钵罗室书画目过考》把金农、郑燮、黄慎、李鱓、李方膺、汪士慎、罗聘、高翔概括为"扬州八怪"。他们在乾隆年间活跃于江苏扬州，画风粗粝，笔法泼辣，被视为具有革新精神的画家群体。

"扬州八怪"处于生活底层，经济、人格独立，具有一定的叛逆精神。他们以花鸟为主，有山水、人物之功，书法也有特点，在当时备受瞩目。就连乾隆下江南，也会慕名与其中的画家见见面，风雅一番。

傅雷不喜欢"扬州八怪"，因而与刘抗直言不讳，坦诚相告：

……扬州八怪之所以流为江湖，一方面是只有反抗学院派的热情而没有反抗的真本领真功夫，另一方面也就是没有认识中国画用笔的三昧，未曾体会到中国画线条的特性，只取粗笔纵横驰骋一阵，自以为突破前人束缚，可说是心有余而力不足，亦可说未尝梦见艺术的真天地。结果却开了一个方便之门，给后世不学无术投机取巧之人借作遮丑的幌子，前自白龙山人，后至徐××，比比皆是也。……

白龙山人，即上海赫赫有名的王一亭；徐××何许人也，徐悲鸿乎？不得而知。总之，这些人在傅雷的眼睛里高大不起来。

傅雷对"扬州八怪"的不屑，源自他对中国画的认知。他一直强调，"中国画与西洋画最大的技术分歧之一是我们的线条表现力的丰富，种类的繁多，非西洋画所能比拟""倘没有从唐宋名迹打过滚、用过苦功，而仅仅因厌恶'四王'、吴恽而大刀阔斧地来一阵'粗笔头'，很容易流为野狐禅"。于是，傅雷断定，"'扬州八怪'大半即犯此病"。

那么，没犯此病的中国画是什么样儿的呢？我们不妨顺着傅雷的思路走上一程，看看他的艺术判断基于什么标准。

首先，傅雷重视中国画的"用笔"。为此他说："倘没有'笔'，徒凭巧妙的构图或虚张声势的气魄（其实是经不起分析的空架子，等于音韵铿锵而毫无内容的浮辞），只能取悦庸俗而且也只能取媚于一时。"继而他认为"四王"之所以变成学院派，就是缺少中国画的基本因素，千笔万笔无一笔是真正的笔，无一线条说得上表现力。

有点过分，但掷地有声。

显然，傅雷眼中的中国画家，需要从"唐宋名迹中打过滚"，石涛就是打过滚的一个代表。如果说傅雷对"扬州八怪"的评价稍有偏颇，那么，他对石涛的定位是不是也存在误判呢？不管它，我们需要听到傅雷发自内心的声音，这样的声音才纯粹，才真实。他心中的石涛，是六百年以来天赋最高的画家，技术全面，造诣深厚。堪与其并论的，仅是黄宾虹。"宾虹则是广收博取，不宗一家一派，浸淫唐宋，集历代名家之精华之大成，而构成自己面目。尤可贵者他对以前的大师都只传其神而不袭其貌，他能用一种全新的笔法给你荆浩、关仝、范宽的精神气概，或者是子久、云林、山樵的意境。"

我们似乎明白了傅雷的倾向。对中国画,他愿意从历史的纵深处去探究,笔法、墨法、图式、风格,要有承传,要有突破,要有味道。至于"扬州八怪"在乾嘉学派不越雷池的思想禁锢中,以自己之"怪",试图超越呆板的现实,或者以变形的笔墨,勾勒自己的心像;或者借助市场,打造自由人生,他是没有看到,还是视而不见?

总之,对"扬州八怪",傅雷有点苛刻了。

二〇一二年一月

傅雷维权

一九六一年八月三日，傅雷还是一名"右派"。这一年的九月，政府才把他的"右派"帽子摘掉。戴"右派"帽子是惩罚、摘"右派"帽子是一种"平反"与纠错。据说，有关方面曾希望傅雷表态致谢。傅雷拒绝了，他说"宁可戴着帽子也不承认当初有错"。

值得注意的是，一九六一年八月三日，"右派"傅雷曾给当时上海市副市长曹荻秋写了一封维权的信，他代表上海市江苏路二八四弄安定坊全体居民，当然，也包括他自己，要求归还"本弄七号住宅花园及里弄走道"。

《傅雷致友人书信》二〇一〇年十月出版。作为傅雷手札的钟爱者和研究者，按傅敏先生的要求，为新录入的书信尽了一点绵薄之力。这时，我看到了二〇〇八年才发现的傅雷致曹荻秋的手札。这通手札是特殊岁月、特殊情况下一位身染政治沉疴的读书人的呻吟与诉求。本来这样的呻吟与诉求不应该成为一个健康社会的"另类"，只是万马齐喑的时代，读书人身不由己，哪怕是为了维护自己些许的权益，都会惹来没顶之灾。

读了一过，又读了一过，我的内心十分苍凉，想象傅雷当年，写这通手札时，该有什么样的心情，什么样的忧虑。

读书人就是读书人，这通手札依照传统手札形式，语词文雅，意清理畅，收信人写在信尾。在现代信函去程式化和文学化的时代背景里，傅雷一反常态，没有"横向取法"，不去"此致革命的敬礼"，而是以"是否有当，谨乞钧裁。谨呈上海市人民委员会曹副市长获秋"的传统敬语，为一通颇具历史感的手札画了一个文意融融的句号。不妨通读一过：

本市江苏路二八四弄安定坊全体居民（雷本人亦在其内），于七月二十五日联合具名，为本弄七号住宅花园及里弄走道，被上海市电管局基建公司机械化站擅自占用二年以上，今该站开始他迁，要求恢复原状，以后单位勿再占用一事，分别上书上海市委及市人委人民来信组声诉。

八月二日上午，市人委派员向安定坊七号住户支玉琦了解，谈话过程中仍强调工厂困难，住户提出"该厂应就原有范围内安排"，调查员同志即有今日提到"范围"二字已是不合之意；住户提出妇孺安全问题，同来调查之运输方面同志又强调应由家长加强儿童教育。

鄙意以为：（一）政府一切部门，大小企业，不论业务及使用地面，历来均有明确范围，人民要求工厂在其固有范围内克服困难，并不错误。

（二）目前党的政策并非强调企业单位可以只顾自己，不顾其他。

（三）里弄居民为了照顾国家工业建设已忍受种种不便二年有余，今仅要求恢复原状，并非额外奢望；工厂越界占用二年，亦已到照顾居民的时候了。

（四）倘人民来信组调查人员仍从片面着眼，袒护企业单位，则人民大众意见永难上达，困难亦无解决之望。

（五）党中央规定一切工作均应贯彻公社十二条和及六十条之精神，厂方不允恢复里弄原状，恐有"一平二调"之嫌，而人民来信组调查同志对于工厂所犯原则性及政策方面的错误，显然未予应有的重视。因特唐突上书呼吁。恳求嘱令人民来信组在实地调查研究之时，进一步体会党中央政策，从全面观点出发，多多照顾人民生活福利，勿先持有企业单位比一切都重要之成见；让调查报告更能忠实反映人民大众的意见与困难，而党群关系亦可进一步改善，同时亦进一步提高党的威信，增进人民爱党爱国的热情。是否有当，谨乞钧裁。

谨呈

上海市人民委员会

曹副市长荻秋

详细事实，请参阅附件：

一、全体居民致上海市人民来信组公函一件。

二、全体居民致中共上海市委员会来信组公函一件。

傅雷拜上

一九六一年八月三日

江苏路二八四弄安定坊五号

这通手札逻辑严密，申述立场基于公民的基本权益，其中傅雷所列的五条鲜明地表达了傅雷对公民社会的认知，对现实社会的了解。即，目前党的政策并非强调企业单位可以只顾自己，不顾其他。里弄居民照顾国家工业建设，国家亦已到照顾居民的时候了。倘人民来信组从片面着眼，则人民大众意见永难上达。人民来信组在实地调查研究之时，进一步体会党中央政策，从全面观点出发，多多照顾人民生活福利，勿先持有企业单位比一切都重要之成见。

讲事实，明道理。

傅雷代表的江苏路二八四弄安定坊全体居民并非自私自利的市民，他们看到，对群众利益的侵害，也是对政府形象的损害，为此，傅雷强调"让调查报告更能忠实反映人民大众的意见与困难，而党群关系亦可进一步改善，同时亦进一步提高党的威信，增进人民爱党爱国的热情"。

傅雷努力做到以理服人。

公平、正义，是和谐社会的不二法宝。傅雷头顶"右派"之冠，身裹政治寒气，尚能够仗义执言，为中国读书人树立光辉的榜样。

二○一○年，我到上海浦东参加纪念傅雷诞辰一百周年纪念活动，其间，我与朋友驱车到江苏路寻找二八四弄安定坊，想看一看傅雷当年居住的地方，遗憾的是，路不熟，汽车在江苏路盲目转悠，无法接近我们想去的地方。回浦东的路上，我想，江苏路二八四弄安定坊很有可能不存在了，迅猛的城市化浪潮，有可能把那里夷为平地，取而代之的是栋栋高楼。我又不能不想，拆迁过程中是否会出现傅雷目睹的"先持有企业单位比一切都重要之成见"，以增加 GDP 的口实，侵害了群众利益？那么，如果不乐观的事情存在，是否还有像傅雷一样的人，致函政府，为群众维权？种种假设，权且是杞人忧天了。

二〇一二年四月

那种陈腐的『霉宿』味儿

　　"霉宿"一词，是傅雷的发明。从字面看，与"没落""腐朽"同义。在他看来，具有"霉宿"的艺术作品，"偏于烦琐、拘谨、工整，没有蓬蓬勃勃的生气了"，自然，也一定是缺少审美意蕴的。

　　傅雷对北魏壁画的深入解读，对今天颇多启示。在北魏壁画的图式和色彩中，傅雷发现了中国人对外来文明的亲近和借鉴。他对刘抗讲："那些无名作者才是真正的艺术家，活生生的，朝气蓬勃，观感和儿童一样天真朴实。"

　　盛唐、中唐的艺术作品，傅雷认为庶几可以媲美文艺复兴时期的威尼斯派。他认为，北魏壁画的色彩天真烂漫，以深棕色、浅棕色与黑色交错，形同西洋的野兽派。

　　对西洋美术史熟稔的傅雷，一向自负。在高度评价北魏壁画的同时，对北宋、元代绘画始终怀疑。他直言道："从北宋起色彩就黯淡了，线条烦琐了，生气索然了，到元代更是颓废之极。"

傅雷说，这样的认识，是"重大的再发现"，遗憾的是"在美术界中竟不曾引起丝毫波动"！

这种立场，源于傅雷对北魏壁画的分析与评判。

"敦煌文物研究所"成立以后，一批画家在敦煌临摹壁画，并于一九五四年在上海举办了临摹敦煌壁画展览。傅雷仔细观看了这批作品，以他对中西艺术史的专业知识，看到了北魏壁画的非凡品质。这种感觉，他多次对刘抗讲，以至于放出狠话——"而且整部中国美术史需要重新写过，对正统的唐宋元明画来一个重新估价。"呵呵，离花甲之年近在咫尺的傅雷，多像一个深思熟虑的"愤青"。

艺高人胆大，傅雷所言，是有依据的。首先，傅雷不满意"中国绘画史过去只以宫廷及士大夫作品为对象，实在只谈了中国绘画的一半，漏掉了另外一半"。

漏掉的另外一半究竟是什么呢，傅雷自己回答了自己的问题——"从公元四世纪至十一二世纪的七八百年间，不知有多少无名艺术家给我们留下了色彩新鲜、构图大胆的作品！"

傅雷觉得，这些无名艺术家的作品，最合乎现代人的口味，尤其是早期的东西，北魏的壁画即使放到巴黎，也不逊色。因为这些作品的艺术语言，与野兽派的作品相似。

谈起北魏壁画，傅雷容易动情。一九六二年二月二十八日，他在致刘抗的手札中描绘了自己对北魏壁画的印象——"棕色与黑色为主的画面，宝蓝与黑色为主的画面，你想象一下也能知道是何等的感觉。虽然有稚拙的地方，技术不够而显得拙劣的地方，却绝非西洋文艺复兴前期如契木菩、乔多那种，而是稚拙中非常活泼；同样的宗教气息（佛教题材），却没有那种禁欲味儿，也就没有那种陈腐的'霉宿'味儿。"

的确，敦煌壁画到隋、盛唐、中唐完全成熟，程式化、概念化严重，久而久之，滑向"霉宿"味儿的泥淖，丧失了艺术作品应有的生命活力。

对历史的洞见，是对现实的警示。傅雷强调，现代学画的人，不管学的是国画、西画，都可在敦煌壁画中汲取无穷的创作源泉，学到一大堆久已消失的技巧（尤其人物），体会到中国艺术的真精神。

我看，傅雷对北魏壁画提纲挈领式的认知，对二十一世纪的艺术家是一针清醒剂。

二○一二年四月

悠远的诗意

　　傅雷说画，说黄宾虹的画，弥漫着悠远的诗意。读傅雷说黄宾虹画的文字，就是读一首诗，一首从内心深处汩汩而出的诗。傅雷懂画，说出画理画意，并不足怪。然而，能用诗一样的语言评述黄宾虹的画着实不易，这是才情，也是深度。

　　读傅雷说黄宾虹画的文字，百读不厌，尤其是在暮色中读，会体验到傅雷——一位学贯中西的文人对自己心仪的画家的那份痴情。这一点，至今无出其右者。

　　研究黄宾虹的文章可以车载斗量了，傅雷之笔，具有耀眼的光辉。

　　一九四三年五月，傅雷在上海荣宝斋画展看到黄宾虹的山水画作《白云山苍苍》，傅雷一见倾心，当即购买。在傅雷的眼中，这幅作品"笔简意繁，丘壑无穷，勾勒生辣中尤饶妩媚之姿，凝练浑沦"。

　　傅雷购买黄宾虹画作的理由跃然纸上。

　　这是傅雷认识黄宾虹画作的开始,一个月以后,傅雷向默飞借来黄宾虹的六幅画作,"悬诸壁间,反复对晤,数日不倦"。痴情的傅雷看到了什么?当然是诗意。于是,傅雷致书黄宾虹,一吐为快:"笔墨幅幅不同,境界因而各异:郁郁苍苍,似古风者有之,蕴藉婉委,似绝句小令者亦有之。妙在巨帧不尽繁复,小帧未必简略,苍老中有华滋,浓厚处仍有灵气浮动,线条驰纵飞舞,二三笔直抵千万言,此其令人百观不厌也。"

　　傅雷的西语素养深厚高广,审视西方艺术的眼界宽泛遥远,同时,他的旧学根基牢固扎实,面对传统艺术的感觉奇妙通达,因此,我们在傅雷即兴的言语中,看到一个人飞扬的情思。正是这样的认识,傅雷屡次向黄宾虹购画,也接受黄宾虹的馈赠。一九四三年六月,黄宾虹赠给傅雷册页,傅雷如获至宝。这件山水册页,使傅雷多日足不出户,反复欣赏,平息不住自己独有的激动。是夜,傅雷在致黄宾虹的手札中,谈到自己对黄宾虹山水册页的理解:"前惠册页,不独笔墨简练,画意高古,千里江山收诸寸纸,抑且设色妍丽(在先生风格中此点亦属罕见),态愈老而愈媚,岚光波影中复有昼晦阴晴之幻变存乎其间;或则拂晓横江,水香袭人,天色大明而红日犹未高悬;或则薄暮登临,晚霞残照,反映于藤蔓衰草之间;或则骤雨初歇,阴云未敛,苍翠欲滴,衣袂犹湿,变化万端,目眩神迷。写生耶?创作耶?盖不可以分矣。且先生以八秩高龄而表现于楮墨敷色者,元气淋漓者有之,逸兴遄飞者有之,瑰伟庄严者有之,婉变多姿者亦有之。"

　　梦幻般的感觉,催生出生动、绚丽、静雅、幽深的词语，这是诗人的想象，是诗人的语言。时下评画的文字，庶几找不到这般文采和节奏。

才情起于傅雷对中西美术的了解，在法国求学期间，傅雷与刘海粟等人徜徉各大博物馆和美术馆，造访名家，遍览名作，美术鉴赏能力不断提高。回国后，他在艺术学校讲授西方美术史。同时，他对中国传统美术进行了深入研究。他曾多次致书远在北平工作的黄宾虹，请求老先生帮助购买《故宫书画集》。只有这样的积累，才有这样的识见。一九四三年七月十三日，傅雷在手札中对黄宾虹讲了一段话，我愿意把这段话看成是傅雷对自己审美能力的归纳："倘无鉴古之功力、审美之卓见、高旷之心胸，决不能从摹古中洗炼出独到之笔墨；倘无独到之笔墨，决不能言写生创作。……摹古鉴古乃修养之一阶段，藉以培养有我之表现法也；游览写生乃修养之又一阶段，由是而进于参悟自然之无我也。"

看看，这种辩证关系，从不同的角度说明了傅雷艺术眼光的精深和独特。

一九四三年末，傅雷购买黄宾虹的画作有二十余件，接受馈赠的画作也有十余件，这一年，可谓傅雷收藏黄宾虹画作的重要一年。也是这一年，傅雷在上海为黄宾虹举办了"黄宾虹八十书画展"，得以全方面赏读黄宾虹的画作。可以说，作为黄宾虹的研究者，傅雷的经历与幸运是不能复制的。正是因为这种机缘，傅雷找到了窥见黄宾虹画作的路径。一九四三年九月十一日，傅雷对黄宾虹的画作如此点评："例如《墨浓多晦冥》一幅，宛然北宋气象；细审之，则奔放不羁、自由跌宕之线条，固吾公自己家数。《马江舟次》一作，俨然元人风骨，而究其表现之法则，已推陈出新，非复前贤窠臼。先生辄以神似貌似之别为言，观之二画恍然若有所悟。"

傅雷对黄宾虹画作的屡屡发言，黄宾虹又是如何看的？黄宾虹的第一感觉是"快聆宏旨，回环再四，感佩莫宣"。如果说这是黄宾虹的谦辞，我们不妨再听一听他的心声："今次拟开画展，得大力文字之揄扬，喜出望外。"

傅雷评述黄宾虹画作的悠远诗意，一点一滴渗入到黄宾虹的心间，自然"喜出望外"了。

二〇一二年五月

摹古的局限

　　傅雷对中国画论谙熟，与黄宾虹谈画，没有丝毫障碍。从古人论画的美学结构，到画理画法，傅雷均有自己的认识，有的赞同，有的质疑，是傅雷学术态度的直接体现。

　　传统画论主张摹古，即习画之道始于摹古，终于摹古，甚至美术作品的品质离不开"古雅""古风""古秀""古脉"的。其实，这没有什么错，中国文学与书法也是主张摹古的，明代文学家王世贞一度主张"文必两汉，诗必盛唐，大历以后书勿读"，是文坛有名的泥古派。书法界更严重，临远古之碑帖，才是书法学习的正脉，其他的选择就是邪路，所写的字当然"野狐禅"了。

　　画界摹古本无可厚非，重要的是学画，学诗，学书，是不是自古摹古一条道，回答是否定的。与王世贞同时代的文学家归有光就不同意这位"声华意气，笼盖海内"的体制内文学家，又是"高级干部"的观点，甚至称其为

"一二妄庸人"。书法界保守得可以，鲜见对于摹古的反思，所争议的焦点，要么是碑与帖的孰高孰下，要么是书风的强弱，笔法的轻重，似乎不摹古，走的就不是光明大道。

那么，傅雷对画界摹古究竟存在什么样的"不敬"，他所提出的解决方法，其进步意义何在？

"古人论画，多重摹古，一若多摹古人山水，即有真山水奔赴腕底者；窃以为此种论调，流弊滋深。师法造化尚法变法，诸端虽有说者，语焉不详，且阳春白雪实行者鲜，降至晚近其理益晦，国画命脉不绝如缕矣。"这是傅雷对黄宾虹所谈的观点。

我的理解是，傅雷反对视摹古为目的。摹古不是不可以，但唯摹古，并不能"有真山水奔赴腕底"，也就是不会达到真正的艺术境界。其实，这是傅雷对中国传统美术教育的思考，师徒传授，临摹古画，是绵亘一千余年的美术教育形式。傅雷不满意这样的形式，他坚信摹古"流弊滋深"，但对现实又不满意，在他看来，尽管有人主张师古人，也要师造化，但是，其中的规律没有阐明，自然危机出现。

傅雷对中国美术教育的思考，基于他对西方美术的了解。他以自己强大的自信，为中国美术教育开出了一份药方。一九四三年六月二十五日，傅雷把自己的想法向黄宾虹坦陈："鄙见挽救之道，莫若先立法则，由浅入深，一一胪列，佐以图像，使初学者知所入门；次则示以古人体例，于勾勒皴法布局设色等等，详加分析，亦附以实物图片，俾按图索骥，揣摩有自，不致初学临摹不知从何下手；终则教以对景写生，参悟教化，务令学者主客合一，庶可几于心与天游之境；惟心与天游，始可言创作二字。"

方向有了，什么样的人才能担此重任呢？傅雷又说："似此启蒙之书，虽非命世之业，要亦须一经纶老手学养俱臻化境如先生者为之，则匪特嘉惠艺林，亦且为发扬国故之一道。"

这还不够，傅雷最后的一道"药"是："至于读书养气，多闻道以启发性灵，多行路以开拓胸襟，自当为画人毕生课业；若是，则虽不能望代有巨匠，亦不致茫茫众生尽入魔道。"

这是傅雷六十年前的认知。让我们心情沉重的是，傅雷不会想到，六十年后，他所开具的"药方"被视为废纸，自然，他不想看到的局面，还是在今天出现了——没有巨匠，众生也有入魔道者。

二〇一二年六月

为夏丏尊求画

我所知道的夏丏尊是一位散文家、出版家。八十年代喜欢读民国作家的散文随笔，就读他的《平屋杂文》，觉得他的文章像一杯老茶，沉郁、苦涩，耐人寻味。

夏丏尊因肺病于一九四六年离世，对他的了解只能依靠他写的文章或别人写他的文章。与他交往过的名人可以照亮中国的天空，如鲁迅、许寿裳、经亨颐、丰子恺、朱光潜、叶圣陶、胡愈之、李叔同、巴金、傅雷等人。遗憾，夏丏尊英年早逝，他的生命光彩和文章学问，就没有依循时间的惯例，走进我们的世界。最近，读傅雷的手札，看到傅雷为夏丏尊向黄宾虹先生求画，那种情真意切，使我们窥到两位文人之间不同凡响的交往。

一九四三年十一月，傅雷暨友人在上海为黄宾虹先生举办书画展。此间，傅雷与黄宾虹就书画展的相关事宜频繁通信。一九四三年十一月二十九日，傅雷致黄宾虹的手札中提及夏丏尊："……夏丏尊君嘱代求绘已故弘一法师

'晚晴山房图'，以二尺长度为最宜。闻弘一法师亦为先生
旧盟友，谅必乐为纪念也。夏君云，前吾公曾为绘过一
图，嫌篇幅略小，故敢再求一帧，存放纪念弘一法师之公
共场所，彼另有纪念弘一之刊物邮奉，作为参考，或吾公
阅后可有诗篇附在图上云云。又夏君有意购存尊绘一帧，
而以未能出高价为言，鄙见不妨就现剩诸帧中，请其选留
一幅，价可特廉，因先生曾有从权之命，故敢建议，至彼
愿否承受，仍听自便。"

傅雷具有江南文人的性格特点，做事认真，也讲效
率。几天之后，未能黄宾虹回函，傅雷于一九四三年十二
月二日两度驰函，一是为夏丏尊求画，一是为黄宾虹著作
的出版疏通关节：

……又夏丏尊君极爱尊绘，而以未有多金为憾，因冒
昧代为作主，就会后所剩作品中择一小幅墨笔山水赠之，
盖将来筹印书籍借助处尚多，权宜专擅之举，未悉能邀曲
谅否？

彼时，夏丏尊在上海开明书店任职，他与傅雷商议，
只要收支平衡，就可以出版黄宾虹一两部著作。

一九四三年十二月二日，傅雷在另一通手札中向黄宾
虹说明："……适得开明书店夏丏尊君电召，往谈刊行尊
著事。渠意拟双方各半出资，将来售款所得亦双方均分，
纯属友谊合作，绝无营利性质。"

对于傅雷的计划，黄宾虹是积极响应的，他还建议拟
出版的书籍在内容上更丰富，更全面。

　　至于为夏丏尊求画，黄宾虹没有直接回答。这样的事，当然是小事，傅雷所做的事，自然是他支持的事。傅雷了解黄宾虹，黄宾虹也了解傅雷。在两个人的交往过程中，黄宾虹"屡承厚赐""迭蒙厚贶""辱承厚贶"，予傅雷书画作品多多。对润例，黄宾虹不太在意。好友索求，黄宾虹基本应允。当然，傅雷是有原则的人，对黄宾虹的"厚贶"，他感恩戴德。他想尽一切办法，拓展市场，增收润资，为黄宾虹书画作品的流转尽心尽力。

　　一九四六年四月二十三日，夏丏尊在上海逝世。第三天，傅雷在致黄宾虹的手札中通报了夏丏尊的丧事："……夏丏尊先生前日作古。陶遗老人亦病危。"

　　在上海的傅雷，会及时向远在北平的黄宾虹报告朋友的近况，只要有人离开人世，傅雷就会在第一时间写信告知。

二〇一二年七月

为什么低调

"……连日会况热烈,堪称空前。上海英文、法文报均有评论,推崇备至,此历来画会所罕有,非迷信外人,实以彼辈标准高、持论严,素不轻易捧场,如华报之专讲交情也。"这是傅雷在手札中对黄宾虹所说的话。时间是一九四三年十一月。傅雷策划的"黄宾虹八十书画展"在上海成功举行的时候。

这个展览,傅雷始终冲锋在前,作品选择,市场推广,友朋邀请,做到了精益求精。用今天的话来讲,实现了社会效益与经济效益的最大化。

任何一个展览,都要请一些社会名流,或者高官,或者文化巨擘,或者业界领袖。这种运作方法,几成一个传统,今天的展览,依旧在这个区域内发力。如果请不来大人物,展览就是失败的代名词。

"黄宾虹八十书画展"也要请一些名流,傅雷的意见是,名流的名单最好参考黄宾虹七秩纪游画册,上面所列的名单是黄宾虹的好友。黄宾虹对傅雷当然重视，他要求在贵宾请柬中把傅雷的名字列进去。

傅雷不同意把自己的名字列入这份名单，一九四三年八月三十一日，傅雷致函黄宾虹，表明态度："……承嘱列入贱名，感愧交并，惟人微言轻，不敢僭附大雅。画会杂务，定当唯力是视，悉心以赴，行其实而不居其名，素志如斯，尚乞鉴谅。"

傅雷是有名望的艺术评论家，是需要高看一眼的。可是，傅雷不改初衷，一九四三年十月十五日，他对黄宾虹说："……请柬列名诸公可否以姓氏笔划为序，将来晚及裘君均不必列入，即顾飞亦可不列，因请柬格式不能另立弟子一项，倘与其余诸公并列，亦嫌不当，如何？请示下。"

傅雷的性格刚直，也谨慎。十月三十日，傅雷向黄宾虹道出"不列入贱名"的原委："……贱名及裘君决计不列请柬，盖由诸先辈出面最为得体，即拙作刊登特刊，亦用笔名，一则愚等不欲借此显露，二则韬晦隐伏亦为目前时势所要求，惟处处保持超然保守缄默，方可苟全性命于乱世。"

一个展览，一张请柬，一个名字，有这么严重吗？我们不妨回眸一眼"黄宾虹八十书画展"筹划的阶段。据黄宾虹致顾飞夫妇手札所言，黄宾虹的好朋友陈柱尊与门生段拭曾计划为黄宾虹举办个人书画展览，黄宾虹在手札中写道："此次发动展览之机，开始于粤友陈柱尊与及门段拭，二人均在南京，得拙画颇有十余件，拟再搜集沪上友人所有，在南京或上海，为鄙人开一展览以为纪念。然其中画件，皆以简单说明画法，以图作标准，非如王逊之所谓法备气至者。鄙意因思出平日所存画迹，取一二十件，供人观览。今柱尊受生活影响，长物已不能保，段拭离南京往江西去。令亲傅君云有拙画在荣宝斋购得者，谅是段拭临行托人代售。前有此说，是渠等展览事已取消，而沪上旧友颇多思见拙笔近作者。"

陈柱尊，原名陈柱，字柱尊，南社重要诗人，近代国学大家。民国初年与黄宾虹相识，后过从甚密，其三女陈蕙英是黄宾虹入室女弟子。作为著名诗人与学者，陈柱尊对黄宾虹艺术的理解和创作能力的高度评价，早于傅雷。一九三六年十月，他在《论画示三女蕙英》一文中说："现代画家，以汝师黄宾虹先生为最。"段拭，字无染，现代学人，为黄宾虹入室弟子，早年就读于上海美专，一九三六年经张伯英介绍受业于虹庐，著有《虹庐受学札记》一书记述其受学经过。两位黄宾虹的知音同在南京，又藏有黄宾虹诸多画作，因此，在黄宾虹八十诞辰的时候，以画展祝贺之，无疑是艺坛有意味的活动。可惜，种种因素困扰，他们未能实现自己的梦想，这份工作，就由傅雷接续下来了。

没有看到陈柱尊、段拭是如何评价傅雷的工作，对"黄宾虹八十书画展"又有什么样的看法。我想，谦谦君子的傅雷，一心一意想把"黄宾虹八十书画展"办好，他想让展览中的画作给观众留下难忘的印象，也希望上海友朋对自己的工作有积极的理解。上海是当时亚洲最重要的商业城市，发展机会多，人际流言也众，因此，务实又清高的傅雷，努力摆脱市井俗言的困扰，把一件事清清白白地办好，所以说出这么一段苦涩的话："一则愚等不欲借此显露，二则韬晦隐伏亦为目前时势所要求，惟处处保持超然保守缄默，方可苟全性命于乱世。"足见其为人处世低调的作风。

二〇一三年一月

赤子孤独了，会创造一个世界

　　二〇一三年十月二十七日的上午，我们在上海浦东的海港陵园，举行傅雷、朱梅馥骨灰安葬仪式。墓地位于陵园人工河的河岸，靠河的地方，新建了"疾风迅雨亭"，亭的名字源于傅雷的斋号"疾风迅雨楼"。我在一旁看着"疾风迅雨亭"，挺拔的立柱，流畅的线条，倔强的亭檐，分明就是傅雷与朱梅馥人格的化身。墓碑用红布覆盖，花圈围在墓穴的周围，我们拿着一支玫瑰，等待傅雷与朱梅馥的到来。上午九时三十分，傅聪与傅敏护送傅雷、朱梅馥的骨灰出现在墓地。一位身着黑色西装的青年，撑一把伞，遮挡光芒。三个人走到墓穴旁的桌案前，把骨灰轻轻地放在上面。

　　傅聪把父母的骨灰放下，眼睑低垂。他穿一件中式的黑色礼服，身材中等，头发花白，大耳垂轮，步履轻缓，脸上布满岁月的痕迹，是一位典型的老人形象了。傅敏比哥哥显得年轻，他不离傅聪左右，照顾着哥哥的行动。与傅敏先生熟悉，敏捷的思维，干练的举止，痛苦的回忆，让我多次领略到一位知识分子的智慧和悲伤。

一九六六年，我三岁。这一年，一位叫傅雷的先生和一位叫朱梅馥的女士毅然决然地离开了一个动荡的世界。两位优雅、高贵的中年人，以悲剧的形式离开了他们心爱的儿子傅聪和傅敏，离开了他们典雅的译文，丰富的藏画，还有那么多温暖的家书。

三岁的我，当然不知道上海，也不会知道傅雷和朱梅馥，更不会知道长大成人后，如此强烈地热爱傅雷，以及傅雷留下的译文、家书、手札、文章。对傅雷的每一次阅读，我都会想到一九六六年，这个狰狞的年份，为什么如此无情地剥夺了傅雷与朱梅馥的生命？

终于能够独立思考了，我明白了一九六六年的颜色，这是旷古的黑暗，是人类的耻辱，是中国人长期的疼痛。这一年，离开我们的不仅仅是傅雷、朱梅馥，与他们一同走向不归路的还有许许多多的知识精英。一个极"左"风潮下的时代，他们别无选择。

今年，傅雷一百零五岁了，朱梅馥一百岁了，如果他们活着，傅雷的趣味，朱梅馥的微笑，足以照亮我们的生活。事实是他们走了，他们的走，依旧让我内心不能安宁，依旧促使我思考某些尖锐的问题，依旧让我想念傅雷，直追导致傅雷、朱梅馥悲剧的根源。

时光倒流。眼前的傅聪已经是七十九岁的老人。他的身边有一位高个子中年人，无须多问，一定是傅凌霄了。这是傅雷没有见过面的孙子，对这位长孙，傅雷非常惦念，他为这个孩子起名傅凌霄。傅凌霄没有与伟大的祖父傅雷相拥而泣，今天，他看见祖父与祖母的骨灰一同回到

属于他们的家，他低着头，他的心一定很难过。我是读
《约翰·克利斯朵夫》时，知道傅雷的。那时，我仅知道
傅雷是翻译家，冤死于"文革"。后来，读《傅雷家书》，
才知道傅雷和朱梅馥之死是多么的不应该，是国家之耻，
是民族之殇。也是在这本书里，知道了傅雷上进的儿子傅
聪。二十世纪八十年代，是启蒙的年代，是反思的年代，
是学习的年代，我们把傅雷和傅聪视为精神的楷模。傅
聪，多么英俊的青年啊，漆黑的眼睛，爽朗的笑容，潇洒
的风度，横溢的才华，无疑是我们这一代的偶像。

也许是当了父亲的缘故，我的心开始向傅雷靠拢。对
傅雷的阅读，已不限于他的译文和他著名的家书，随笔、
书札、艺术评论，甚至他的墨迹，一并成为我精神世界极
为重要的一部分。在纪念傅雷诞辰一百零五周年、朱梅馥
诞辰一百周年的座谈会上，我说，傅雷是需要发现的，在
研究中发现，在发现中研究，我们会看清傅雷真实的一
生。持久、散漫地阅读，我看到作为翻译家的傅雷，还有
一副传统的笔墨，用毛笔写文言，也是傅雷所长。如果说
效率与直率，坦诚与天真的性格，是西方文学的养成，那
么，优雅与敦厚，清高与决绝，一定是传统知识分子与生
俱来的品质。最近的阅读，我们还发现，傅雷是"公知"，
他敢于为民请命，即使背负"右派"之名，仍然发出"勿
先持有企业单位比一切都重要之成见"，为民权张目。

贝多芬的《命运交响曲》在墓地起伏，傅聪与傅敏把
父母的骨灰放入墓穴，他们又把第一捧土撒在棺木上。鲜
花覆盖了傅雷与朱梅馥另外一个家，他们心痛，他们安
息。覆盖在墓碑上的红布揭开了，灰色的墓碑，有一行黑

色的字迹，这是傅雷的手迹，书写着傅雷当年写给傅聪的一句话："赤子孤独了，会创造一个世界。"

我站在一旁，眼泪夺眶而出。没有理由，只有感受，没有条件，只有哀伤。是的，赤子孤独了，会创造一个世界。他们以自己的方式，即以不甘屈辱，不甘背叛，不甘堕落的方式，去创造另外一个世界了。这是一个无形的世界，是高洁的世界，是值得敬仰的世界，是让我们向往的世界。

伴随着傅雷喜欢的乐曲，傅敏代表家人，在父母的墓前说了几句意味深长的话：

爸爸、妈妈，四十七年前，你们无可奈何地、悲壮地、痛苦地、无限悲愤地离开了这个世界，离开了我们，离开了你们无限热爱的这块土地，以及这块土地成长起来的文化事业。但是，你们的心一直活在我们的心里，我们永远怀念你们。你们一生的所作所为，你们那颗纯净的赤子之心，永远激励着我们。一定要努力，把产生这个悲剧的根源铲除掉。爸爸、妈妈，你们在这里安息吧。

我一字字听着，听着傅敏发自内心的独白。傅敏是对父母所言，何尝不是对这个世界所言？振聋发聩的独白，一定是我们灵魂的清醒剂。

乐曲萦绕，白云飘飘。我捧着一枝殷红的玫瑰，走到傅雷、朱梅馥的墓碑，我把玫瑰轻轻放到墓前，深深鞠躬。赤子孤独了，会创造一个世界。你们的世界，就是我们的世界。

二〇一三年十一月

『此为晚数年夙志』

　　一九四三年十一月，"黄宾虹八十书画展"成功举办，傅雷以黄宾虹经纪人的身份，在上海推广其书画作品，市场效果极佳。傅雷深谙书画作品的供求关系，一方面，他保证黄宾虹的利益，一方面，他不放过任何机会宣传黄宾虹，使其书画作品成为上海书画市场的热点。

　　对欧美并不陌生的傅雷，希望更多的外国人喜爱黄宾虹的作品，他对中国传统艺术有信心，他也知道欧美的消费能力，会在很大程度上提高黄宾虹的经济收入。

　　一九四五年九月，傅雷在手札中详细谈到在美国为黄宾虹办画展的可能性："……近与友人在沪办一学术文艺半月刊，杂务纷冗，尤少暇暑，惟便逢美国新闻记者及本人为艺术家而被征入伍之军人约观法绘，一致钦佩，已就敝藏中择一二转赠，以广流传，彼等有意：（一）恳求大作（查美金兑率甚高，若以润资易吾公喜爱之古书画，亦大佳事）。（二）设法在美开一画会，为吾翁宣扬海外。此为晚数年夙志，万一实现，足为吾中华民族增光。甚望即日择成中小幅及册页数品航空挂号寄申，此为应旅沪美侨之索，将来润资汇划，当托美国军部或驻平使馆转达，较为妥便。至于画会之品，若有五六十件精品即可，愚见亦宜早日筹备。……"

傅雷不是书呆子，如果是在今天，傅雷一定是文化产业的执牛耳者。对于黄宾虹书画作品的售价，他提出了海内外不同的"双轨制"。一九四五年十月二十五日，傅雷致函黄宾虹，坦陈己见："……沪上美友暇时约观，倘彼等有意购藏，画款当以美金计算，并拟由彼径托北平美使馆方面直接送府，不由敝处转划。又吾公画值素不计较，此于发扬文化、宣导绝艺确有绝大贡献，惟一旦售于外侨，亦当顾及画人身份，故鄙见倘沪上外侨收买时，拟暂订三尺者美金三十至五十元（合法币三万至五万），二尺者美金二十至三十元（约合法币二万至三万），四尺者八十至一百元（法币八万至十万）；册页每方十元（合一万）。是否有当，敬乞克日示复，以便遵循，毋任盼祷，但遇国人购求时，可照上例酌减，亦顾及实在经济状况也。……"

傅雷是有执行能力的人，一九四五年十一月，他用外文撰写了黄宾虹的简历，同时拿出两幅画作，托朋友带到美国，推动黄宾虹的域外画展。

这位朋友在美国是如何联系的，这两幅作品是否卖出或带回，不得而知。

傅雷向欧美宣扬黄宾虹的意志是坚强的。在美国办展不果，他又通过不同渠道，向英国绍介黄宾虹。英国作家苏里文到中国访学，计划写一本研究现代中国画家的著作，他托英国驻华使馆文化委员会征集中国画家的作品，傅雷立刻将自己所藏黄宾虹的三幅画作，借给他们拍照。他还把这三幅作品的照片寄给黄宾虹留念。让黄宾虹走向世界，让世界了解黄宾虹，是傅雷"数年夙志"。他不放过任何机会，搭建黄宾虹的世界舞台。一九四八年七月五日，他又一次向黄宾虹表白："……最近郭有守君在法国巴黎来信，托庞薰琹兄代定国内名家佳作，以便秋间携往国外展览，宣扬中土绝艺。鄙意吾公若有零简寸片，不论大幅、便面，均希择尤得意之笔赐寄若干，以便转交郭君。窃以为当今艺坛，公为祭酒，非大作不足以代表吾华古艺精髓。……"

对黄宾虹，傅雷总是一往情深。"窃以为当今艺坛，公为祭酒，非大作不足以代表吾华古艺精髓"，从中我们找到了傅雷向世界推举黄宾虹的理由。从此我们知道了傅雷是向世界推举黄宾虹的第一人。

彼时，内战胶着，傅雷的文化梦想如树叶一样脆弱，他寻找黄宾虹海外知音的努力自然难以实现。

二〇一三年八月

黄老头与《高老头》

查傅雷年谱，得知巴尔扎克的长篇小说《高老头》译于一九四四年十二月。此前，傅雷在上海美专任教，事不遂愿，便潜心翻译法国文学名著。

对法国文学的了解，依赖的是傅雷的译著。尤其是巴尔扎克与罗曼·罗兰的小说，给我们的阅读美感，既有作家本身的能力，其中不能忽视的环节，则是傅雷那支如诉如泣的译笔。

人到中年，依然记得三十年前读《约翰·克利斯朵夫》的感受，沉郁的琴声，青春的泪水，诗意的渴望，不懈的追求，让我们懂得了岁月的凝重，看到了生命的归宿。对文学似乎有了一点理解，始知傅雷的译笔不同凡响，他翻译的文字，甚至被誉为"傅雷体华文语言"。

傅雷的一九四四年总是在我的眼前放大，这一年的前一年，他为黄宾虹策划并举办了"黄宾虹八十书画展"，这个展览不仅成为中国艺术史上的"名作"，也让更多的人理解了精深博大的黄宾虹。一九四四年，傅雷翻译了世界文学名著《高老头》，准备交由骆驼出版社出版。

那个时代，出版一本书谈何容易？骆驼出版社经过二十个月的审稿、修订、排版、校对等环节，定于一九四六年八月出版。一九四六年一月四日，也就是傅雷与骆驼出版社签订了出版合同后，他致函黄宾虹，请黄宾虹为《高老头》题写书名。他在手札中说："……拙译法国名家小说一种，近将出版，拟恳先生赐题书面'高老头'三字，用楷书白纸无行格者尤妙，并乞日内即寄。冒渎处不胜惶恐。……"傅雷以"志在必得"的语气请黄宾虹"赐题书面'高老头'"，由此可窥傅雷与黄宾虹的深厚友谊。

的确，黄宾虹五日后复函："……承属拙书，不能佳，请甄择之……"

遗憾的是，我没有看到黄宾虹题写的"高老头"三字。不过，对于黄宾虹的书法，我是略知一二的。他如果按照傅雷的要求用楷书题写，清癯的线条，瘦劲的字迹，与《高老头》的苍凉与寥廓十分契合。

一九四六年，战争硝烟重燃。围绕《高老头》书名的题写，两个人的忧患之情不能去怀。在这通手札中，傅雷难掩忧愁："……近见《大公报》载北方通信故都政况，似与此间同样混乱，民间疾苦到处皆同，甚或较敌伪盘踞时尤甚，和平虽降，国难未已，奈何奈何。……"一时之间，傅雷对局势产生了迷惘。

对于傅雷的忡忡忧心，黄宾虹懂得，这一年他八十二岁，也是老头了，他以老朋友的口吻徐徐道来："……目今北方状况同于东南，报纸所载不为失实。艺术救国，即遏人欲于横流，俾循理自然之中，无所勉强，诚为急务。
尊译法国名著，谅多裨益艺术方面。居多得有趋向方针，
以为长治久安之计……"

在黄宾虹看来，文学作品的"教化功能"有"长治久
安之计"。为此，他很快写出了"高老头"三个字。

二〇一三年九月

『过去三年我多学老舍』

　　傅雷与宋奇书，谈到汉语问题、文学翻译问题，颇有见地。宋奇是现当代文学理论家、戏剧家宋春舫之子，曾任香港中文大学校长助理，一九九六年去世。

　　一九五一年四月十五日，傅雷与宋奇书，对文学翻译提出自己的观点，他说，许多英法文，译成中文，试图传达原文的语气，"使中文里也有同样的情调，气氛，在我简直办不到。而往往这一类的句子，对原文上下极有关系，传达不出这一点，上下文的神气全走掉了，明明是一杯新龙井，清新隽永，译出来变成一杯淡而无味的清水"。

　　傅雷的这点困惑，也是当前翻译界的困惑。然而，傅雷对白话文的怀疑，对文言文的肯定，饶有意味："文言有它的规律，有它的体制，任何人不能胡来，词汇也丰富。白话文却是刚刚从民间搬来的，一无规则，二无体制，个人摸索个人的，结果就要乱搅。"

　　二十世纪五十年代初，傅雷与宋奇频繁通信，文学语言、文学翻译是其主要话题。这一点是有原因的,作为名闻遐迩的文学翻译家,傅雷的确遇到了英法文转译汉语的现实问题,以及使用什么样的汉语问题,北方方言与南方方言,其中的矛盾又该如何解决。

出于对文学语言的关注和研究,他发现同时代作家老舍的语言别开生面,为此,他对宋奇说:"老舍在国内是唯一能用西洋长句而仍不失为中文的作家。"

傅雷的文学鉴赏力当属一流。当年的上海,傅雷还是艺术评论家,对当代文学、戏剧、美术均发表过独特的观点,艺林为重。四九鼎新,傅雷的精力转移至文学翻译工作,对文学语言特别敏感,他担心简陋的语言会影响读者对一部文学作品的理解,进而削弱文学的艺术力量。

傅雷的翻译语言,有着傅雷的味道,典雅、抒情,明快、含蓄。这一点,他表达得十分清楚:"我以上的主张不光是为传达原作的神韵,而是为创造中国语言,加多句法变化等等,必要在这一方面去试验。"

"创造中国语言",翻译家傅雷有抱负。

南北方语言的语言差异,也是翻译所遇到的棘手问题。当宋奇对他的译作《贝姨》提出批评意见时,傅雷解释:"译文纯用北方话,在生长南方的译者绝对办不到。而其以北方读者为唯一对象也失之太偏。两湖、云、贵、四川及西北所用语言,并非完全北方话,倘用太土的北京话也看不懂。即如老舍过去写作,也未用极土的词藻。"

老舍的文学语言,傅雷肯定,也喜爱。在探索文学翻译的语言问题时,他在老舍的小说、散文中,看到了希望。因此,在这个阶段,傅雷分析了老舍的语言形态,颇具个性的老舍的文学语言修辞，让傅雷找到了一种样板，一九五三年二月七日，傅雷告诉宋奇："过去三年我多学老舍。"

当然，作为具有世界文学视野的傅雷，是以前进的姿态活跃译坛与文坛的。当他不断翻译，不断探索，又有了新的发现："最近我改变方针，觉得为了翻译，仍需熟读旧小说，尤其是《红楼梦》。以文笔的灵活，叙事的细腻，心理的分析，镜头的变化而论，我认为在中国长篇小说中堪称第一。"

不是说傅雷的翻译语言西化吗，看看他对《红楼梦》的评价，就知道在西方历史生活中穿梭的傅雷，其笔触与故土是多么的紧密。

二〇一三年九月

游与记

　　一九二八年，不满二十岁的傅雷登上了一艘邮轮，踏上了去法国求学的道路。浙江的乡土青年，离开祖国的一刹那，心潮起伏，梦幻迭起，拿云心事不知向谁诉说。于是，他想写游记，记录自己在漂泊中的所见所闻所思。《法行通信十五篇》就是这样写成的。

　　对《法行通信十五篇》爱不释手。青年时代如饥似渴地阅读，闲暇时分，也会打开《傅雷文集》，断断续续地读上几章。对书信体文章的热爱，也许是从《法行通信十五篇》开始的。

　　二十岁所写的文章，免不了刻意表白的学生腔，不过，傅雷对自己远行的心理描写，对亲人的思念，对环境的观察，对旅伴的认知，所表现出来的生命成熟，还是让我惊讶与折服。

　　《旅伴》一章中所写的英国音乐家，有冷幽默的效果。英国人，还是艺术家，免不了要"装"。傅雷借用另一位旅伴，一位俄罗斯青年的口吻说："这英国人自己说他是音乐家，他各种言语都会说；中国话也说得很好，不过现在忘记了。他自己又说他什么东西都研究过，哲学，文学，……差不多所有的学问都给他读完了。"

再看看傅雷的观察："他的确很有英国人的特性，很自尊，很傲慢，走起路来，在不太方便的步子中，还保持着他的尊严。……虽然手指有些僵了，但还不愧为老当益壮的音乐家。可惜他从没有好好地奏过一曲，或是奏完一曲。大概他是因为我们——船上的旅客——都是凡夫俗子，不懂什么叫作音乐的缘故，而不屑费他宝贵的精神，来演奏'对牛弹琴'的高尚的音乐吧？"

对人物的观察与刻画，傅雷不输小说家呢。

在西贡，一些微不足道的人与事，被傅雷看在眼里。不会交易的车夫，河岸码头边的船夫，没有生意时的游戏，恶作剧般的跃入河水，等等，分明是西贡的典型性生活场景。

对香港，傅雷的感受也挺独特——"香港全景，自始至终在烟雾弥漫的水汽中若隐若现。不过卓治君说的'香港则有壮年妇人满面的抹粉的一种俗气'，我也与他有同感。而我更觉得它的水非但绿得可爱，竟绿得有些可怕了！"

有一点天真的傅雷，以老到的视野看人看景，又以文字描摹，游移的画面，有时间的质感，有旅途的沉重。

傅雷的目的地是法国，当邮轮即将靠岸，青年学子傅雷对四十多天的旅程，积蓄了太多的情感。这不是一般观光客的情感，也不是新闻记者的轻描淡写，更不是远行者的惊奇，而是一位探知世界真相的青年人的体验，是具有文化抱负的青年人的思考。《一路平安抵法》的开篇，傅雷的文学才华跃然纸上——"最后一次的午餐已用过了；在船上只有最后的一次晚餐，一次饮茶，一次早点了。此外还剩最后一觉未睡，但至多二十四小时内我必要和一月来相依为命的浮家见最后一面了，什么东西在船上的都成为最后一次了，我现在也是最后一次在船上和你们写信。一切的最后，都流水似的逝去，无限的未来也狂涛似的永永奔向你！我在恋恋的别情中，想于匆促怆茫之际来算一算一月来的总账，但是结果只是惶惧优恐罢了！"

游记中的风景，也是镜子。游记着，是记录风景的暗淡、厚薄、长短、远近，但，也在面对风景时，反观自己的容颜，自己的心态，自己的感受。

民国年间的文艺青年似乎都早熟，梁启超、胡适、鲁迅、郭沫若、老舍、曹禺、徐志摩、郁达夫、张爱玲等人，二三十岁的时候，已经名动江湖，文章不胫而走。读二十岁的傅雷的文章，觉得他视角宽泛，感受极其细腻，古今中外的书籍均有涉猎，尤其对西方小说，阅读甚多。傅雷在巴黎卢森堡公园徜徉时，对公园景物的描写，分明就是一篇小说的段落："高高的树木，赤裸着在冷峭的晨风里微微发抖；全公园都笼罩在迷糊阴沉的寒冬薄雾中。据说巴黎的天气，入冬后都不大好，要到三四月才有整天的太阳可见；怪不得我来了好几天还没看到一次晴明的天空，或是绚烂的晚霞，终日只是昏暗的白灰色的闷气充塞着。园外三四丈高的铁栏，矗立在空漠的冷静的街上，愈显得枯寂。只有巍然高踞的石像，还在严冬里表现他中古时代的武士的精神。"

《法行通信十五篇》是在邮轮上写的，傅雷书法清秀、清晰，一稿即成的文章，陆续寄往国内，又陆续在报纸上发表。远行的傅雷，以这样的方式，记录自己漫长的旅程，同时，国内读者则在他生动而细致的描写和真诚而坦率的诉说中，看到了域外的风物和一位青年作家的出众才华。

傅雷的认真，熟悉他的人有切身的领教。他对自己有要求，对孩子有要求，对朋友也有要求。当然，对所经过的路径，所看到的山川、河流也有要求。二十五年后，人到中年的傅雷往浙江雁荡山旅行，感受差强人意。当年对巴黎卢森堡公园的描写不会复现，他冷静观察雁荡山，谈起自己对山水和游记的看法："雁荡山名震天下，其实不及黄山远甚。前人道教思想甚盛，故极称岩洞（所谓洞府），姑且不论，洞则只见其奇，未见其美。且雁荡童山濯濯，树木极少，奇峰怪石多在平地上，像大规模的假山，大抵与桂林山水同属一派。过去写游记的人（徐霞客例外）专好侈言自己所游的山为天下第一，也很可笑。"

"专好侈言自己所游的山为天下第一"的人越来越多了，能够在旅途中写出独有的感怀和独特的发现的人越来越少了。因此，重读《法行通信十五篇》，以便开始掂量自己日后的旅行。

二〇一四年三月

对『鲁译』的微词

　　鲁迅的文学作品影响甚大，以至于对他的译文有所忽略。对翻译说不出所以然，但，鲁迅的翻译家形象在心里明确。鲁迅一生翻译了俄国、日本、英国、法国、德国、荷兰、西班牙、芬兰等国两百余位作家的作品，译义多达三百多万字。

　　傅雷译文，也是值得再三品读的文字，作为翻译家，傅雷当之无愧。

　　也许朋友宋奇在香港工作的缘故，傅雷愿意与他谈翻译问题，也鼓励他一试身手。一九五四年十月十日，傅雷致函宋奇，说道："你老是胆小，不敢动手，这是不对的。你是知道天高地厚的人，即便目前经验不足，至少练习一个时期之后会有成绩的。身体不好也不成为理由。一天只弄五百字，一月也有一万多字。二年之中也可弄出一部二十余万字的书来。你这样糟蹋自己，走上你老太爷的旧路，我认为大不应该。不知你除了胆小以外，还有别的理由没有？”

傅雷的事业心可窥一斑。

对于翻译，傅雷当然上心，一九五四年五月，他写了一篇一万五千字的关于文学翻译的意见书。周扬读了，觉得自己的翻译有问题，即把自己交给人民文学出版社的一部译稿要回来，理由是“还要仔细校过”。

傅雷对翻译工作要求苛刻，也常常为此争斗。赵少侯评骂傅雷翻译的《高老头》，认为傅雷法文不坏，中文也行，字里行间，却是笨人所为。傅雷当然不服，奋起还击：“去年他译了一本四万余字的现代小说，叫作《海的沉默》，不但从头至尾错得可以，而且许许多多篇幅，他根本没懂。甚至有‘一个门’‘喝我早晨一杯奶’这一类的怪句子。人真是‘禁不起考验’，拆穿西洋镜，都是幼稚园里拖鼻子的小娃娃。”

傅雷骂人，也很有才。

傅雷翻译，注重生活体验，甚至不无偏颇之处。比如以捕鲸为题材的小说，在傅雷看来，翻译者也应该了解捕鲸的生活。以此为依据，他对鲁迅的翻译也有微词：“从前鲁迅译日本人某氏的《美术史潮》，鲁迅本人从没有见过一件西洋原作而译（原作亦极偏、姑不论），比纸上谈兵更要不得。鲁迅尚且如此，余子自不足怪矣。”

对于傅雷所言，我有所疑惑。翻译针对文本，翻译捕鲸为题材的小说，真的需要去大海上看一究竟吗？鲁迅没有见过一件西洋美术原作，就没有翻译《美术史潮》的理由吗？

其实，傅雷重视翻译家的文学天赋，他觉得，翻译过程中的神来之笔"非学而能"。因此，他对宋奇抱怨："时下的译者十分之九点九是十弃行（南方话，意思是无用、无益的人），学书不成，学剑不成，无路可走才走上了翻译的路。本身原没有文艺的素质、素养；对内容只懂些皮毛，对文字只懂得表面。"

鲁迅是这样的翻译家吗？显然不是。傅雷的抱怨，也不是针对鲁迅的。

作为翻译家，鲁迅的译著给予我们深刻的触动。尽管我没有能力研究鲁迅翻译的学术问题，他留在信札、日记中关于翻译的见解不算陌生："'动笔之前'，就先得解决一个问题；竭力使他归化，还是尽量保存洋气。"鲁迅的意思明了，强调严复所说的"信"，使译作保存"异国情调"，保存着原作的风姿。

毕竟对鲁迅译文提出了不同的看法，很珍贵，很重要。只要是"不同"，就有理解的价值和思考的价值。什么都"同"，还有什么意思？

二〇一四年三月

藏
画
与
赠
画

　　作为艺术评论家，傅雷的美术鉴赏力精深、独到。自
二十世纪三四十年代，他对当代画家聚精会神，一系列颇
有见地的文章激活了我们对黄宾虹、庞薰琹、张弦等人新
的认知。

　　一次访问傅敏，在他家的客厅看到陈师曾、黄宾虹等
人的画作，画有上款——"怒安先生指正"，显然，这是
数十年前傅雷收藏的作品。

　　作为艺术评论家，傅雷也是美术收藏家，他宏富的藏
品，记录了傅雷对艺术的深情。

　　藏画，是积存；赠画，是分享。傅雷愿意把自己喜欢
的画家推荐给朋友，有时，也把自己收藏的画作割爱，漂
洋过海，飞入朋友家。一九六一年，他向傅聪的钢琴老师
杰维茨基赠画。杰维茨基是波兰人，对傅聪的影响较大。
八月六日，傅雷致函杰维茨基，提及赠画的事情："前寄
呈十九世纪末中国画家复制作品一幅，此画于六月三十日

递邮，未稔刻已奉呈左右，蒙获垂青否？向欲寄赠真迹，然凡超过五十载之画作，均不得外寄出口，而现代画家笔下，又鲜有佳作可兹寄呈者。"

"十九世纪末中国画家"究竟是何人，不得而知。傅雷对清末民初的画作多有收藏，至于他复制了哪一幅画相赠，当然没有准确的答案。

遗憾的是，寄呈杰维茨基的作品没有平安到达，因包装问题，傅雷复制的画作遭受损毁，傅雷表示"本人难辞其咎""甚为遗憾"。

梅纽因生于一九一六年，卒于一九九九年，世界著名小提琴家和指挥家，与傅雷为儿女亲家。六十年代初，傅聪与梅纽因的女儿弥拉相恋结婚，育有一子。后因性格不同，情感疏远，解除了长达十年的婚约。

傅聪与弥拉热恋时，傅雷与梅纽因也保持密切联系。傅雷是超级音乐爱好者，具有高水准的音乐欣赏能力，因此，他对梅纽因尊重有加，在书信中坦诚相告自己对西方音乐的理解。

"宝剑送给英雄，红粉赠给佳人"，出于对梅纽因音乐世界的迷恋，还因傅聪与弥拉的关系，傅雷多次向梅纽因赠画。一九六〇年，傅雷把十七世纪中国花鸟画六幅复制品寄往英国伦敦。一九六〇年，他又把林风眠的一幅作品寄去。对六幅花鸟画复制品和林风眠的作品，傅雷一直挂念。一九六一年二月九日，傅雷致函梅纽因，其中说道："林风眠画作谅已收到，不知是否喜欢？狄阿娜是否亦喜欢？又聪不知有否转交去岁十一月嘱其奉呈之'花鸟'复制品六幅？"

细心，珍爱，是收藏家的素养。

挑剔，厚古薄今，也是收藏家的性格特征。

一九六二年一月七日，傅雷与梅纽因的书信中，坦诚
己见："得知两位喜爱前奉之中国画，十分高兴，惜此间
既无太多杰出的当代画家，也无美丽的刺绣物品，稍佳或
稍古的作品，均禁止出口，而较次之物，又不敢奉寄。今
人只欲草草生产，不再制造美丽耐久之物了。"

"而现代画家笔下，又鲜有佳作可兹寄呈者""今人只
欲草草生产，不再制造美丽耐久之物了"，两段话恐怕是
六十年代初的按语，我感触尤甚。一、画家画画的环境已
经不是理想的环境了，画作的审美属性解体，艺术作品变
成了社会观念的附庸，政治说教的工具。二、政治运动此
起彼伏，"宁要社会主义的草，不要资本主义的苗"的观
念让人们惊恐不安，精益求精的工作理念，被不断滑坡的
道德击垮，"只欲草草生产"，追求浮夸的任务指标，导致
产品质量的信任危机，也让一代人付出惨痛代价。

二〇一四年八月

鲁迅《题〈彷徨〉》，一九三三年三月二日
书赠日本友人山县初男

鲁迅《悼杨铨》，一九三三年六月书赠许广平

榆生先生左右 前日奉

手教敬悉 一切家中意書近况健志少游詞

「倚樓聽徹單于弄」又景德傳燈錄卷

十四 天皇道悟崇信師弟語錄 似皆可

與山谷詞印證 尚希

教正 一年來紛紛擾擾 一事無成 附呈小詩

一首藉博 一笑 敬叩

撰安

弟 寅恪敬上 一月十八日

乙未中秋夕贈內

紅塵白髮佳偶游 自笑玄真不解舟臨

鏡花前如舊影 焚香亭上又中秋 闌珊

衰淚心先醉 殘燭無聲淚暗流 絡莫人

間雙拜月 高寒千古對悠悠。

陈寅恪：《家中无书札》

俞平伯：《日久未通音问札》

旧

信

记

一九九七年唐达成致叶延滨

唐达成为官为文，我都不陌生。今年，读到陈为人写的《唐达成文坛风雨五十年》，对唐达成的了解更全面、更深刻了。

唐达成，笔名唐挚，新中国成立初期作为文学评论家叱咤风云。

唐达成的父亲唐醉石游艺于西泠印社，书法篆刻之名享誉四海，想必唐达成也善翰墨丹青。后来看到唐达成的字，的确不同凡响，起笔收锋有传统，有规矩，是地地道道的文人字。

后来收藏一封唐达成的手札，如获至宝。此手札纸本墨迹，是唐达成一九九七年一月二十四日写给著名诗人叶延滨的复函。信不长，不妨录之：

延滨同志：你代《重庆晚报》约稿的信，早已收到。忙于杂务，稽复为歉。近日忆及童年在重庆时渡（度）过

延滨同志：

[手札正文为行草手写，辨识不清]

唐达成 一九九七
三月二日

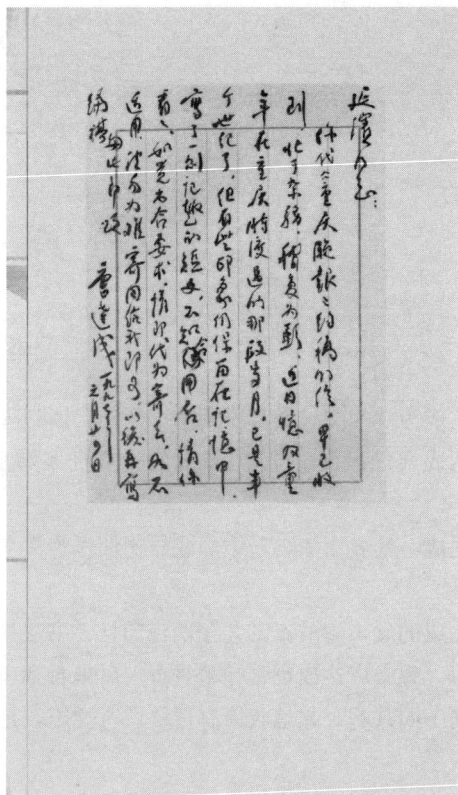

唐达成致叶延滨手札

的那段岁月，已是半个世纪了，但有些印象仍保留在记忆中。写了一则记趣的短文，不知合用否？请你看看。如觉尚合要求，请你代为寄去，如不适用，望勿为难，寄回给我即可，以后再写。　　　勿此即颂

编绥

唐达成

一九九七年元月廿四日

　　一九九七年的唐达成离开中国作家协会党组书记的职位已逾八年，写字、写作、画画成了他离职以后的全部生活。尽管这时候的唐达成已不是副部级领导，他还是受人尊敬的著名作家，在文学界有口皆碑。叶延滨代《重庆晚报》向他约稿，他愉快地答应了，写成后就寄给了他。难能可贵的是，在文坛具有崇高声望的唐达成并没有摆出大腕的姿态，不与媒体讲条件，而是十分谦虚地对叶延滨说"如不适用，望勿为难，寄回给我即可，以后再写"。

　　唐达成以后的文学界越来越官场化了，文章也因作者的身份分三六九等，有些刊物居然也按官本位支付稿酬。

　　唐达成一度是官，他又如何看官呢？他曾写过一篇题为《做官与归隐》的文章，其中写道："可见作吏与归隐，此中进退尴尬，心态宛曲，各有不同，并非三言两语可以道得明白。但无论如何，既然已进入仕途，就理应将万家忧乐系于心头，尽力为百姓黎民做些好事，积点德。"

　　正如古人说，勿以善小而不为吧！

二〇〇八年三月

一九八七年乔象钟致

刘再复

我是读《蔡仪传》时知道乔象钟的。她的文笔和字一样清秀，可以看出一位女人细致的感觉和恬淡的心情。后来去拜望杨镰先生，提及乔象钟，他如数家珍地列举一些乔象钟的逸事。在杨镰的陈述中，我又看到一位智慧的女人。原来，杨镰是乔象钟带大的。

杨镰的父亲杨晦，与乔象钟夫君蔡仪同是北大教授，同事加邻居，自然亲密无间。杨镰在北大附中毕业后去新疆放马，数年后，考进中国社会科学院文学所时，他的父亲、蔡仪、乔象钟都老了。如烟的往事，庶几成陈迹。

我收到乔象钟致刘再复的信札如获至宝，反复阅读，读出了感慨，读出了泪水：

再复同志：

去年八月间，我们曾上书所领导，陈述我家人口增加，而住房面积反比"文革"前减少了三十多平米，以致狭窄拥挤，影响工作。

今年以来，看见不少同志迁入新居，原住此间的同志也有因此得到扩充。近来风闻我单位也有同志将迁居他处。因此我想到是否可考虑即在本单元为我们扩充一下？我们都老了，特别是蔡仪，年过八旬仍孜孜不倦，曾得到所的关怀。如能有一个孩子居住近旁，会使我们的生活得安心些，故此恳请您能考虑，并给以协助！致

敬礼！

乔象钟

1987.9.1

乔象钟，山西河津人。一九四四年就读于重庆中央大学，一九五四年毕业于北大政治经济研究生班。历任华北大学二部班主任，中央美院政治经济学教师，中国社科院文学所研究员。二十世纪五十年代开始发表作品。著有《李白论》《李白》《唐代文学史》《蔡仪传》等专著，并曾参加《中国文学史》（三卷）、《唐诗选》《乐府诗集》《中国古典传记》等书籍的撰写、注释、整理工作。可谓是著作等身的学者、作家。她的先生蔡仪，一代美学大师，声名赫赫。

然而，"文革"流毒是一剂置人于死地的猛药，即使在今天，还有一些人喜欢它。但，重视知识、重视人才的理念，毕竟成为一个时代的政治共识。为此，一部分知识分子才敢站出来，以其微弱的声音，要求自己有限的权益——可以安身立命的栖息地。记得沈从文先生也是在那一时期，因中央领导的关心，得到了一处宽敞的住房，只

是住了不长一段时间，就撒手人寰了。作为有影响的学人，乔象钟、蔡仪一家，在北大应该有不错的住房。我去过燕南园，那是"文革"前北大教授的居住区，树深街静，是读书写作的好地方。世事沧桑，在读书人一夜之间成了众多枪口下的小鸟时，能活下来就是奇迹了，谁还敢想永远住在燕南园呢？

并不遥远的一九八七年，改革开放之船已经起航，知识的价值被重新评估，知识分子再次成为社会的重要力量，乔象钟一家可以委婉地发出自己的呐喊。

至于乔象钟一封薄薄的信，是否起到了应有的作用，是否达到了预期的目的，刘再复又是如何处理这封信的，我没有深究。我仅知道，几年后，刘再复也远走他乡了。

二〇〇八年三月

一九九四年刘湛秋致吴正

刘湛秋和吴正是老朋友。读一九九四年刘湛秋致吴正的信札，挺有意思：

吴正老弟：

实在不好意思称你为兄，像习惯那样。

年初收到你回信又一年过去。岁月匆匆，真使人不堪回首。

最近我出版了一本散文集《忧郁的微风》，装帧很美，是一套名家散文精品中的一本。还有王蒙、冯牧、贾平凹、从维熙等人。大陆散文很热，这套书为出版社赚了钱。

我今年两下云南，两下广东，也是挺忙的。当然，都是朋友请客。这月19—23日我去深圳参加华文诗会（大陆台湾都去不少人，也可能下月中旬去台北参加两岸诗会，能否获准尚不得知）。希望在深圳时能见到你，或下月去香港找你。请告诉我你在香港和上海的传真。

为了推动与发展诗歌，我进行了两三年策划，提出"把诗歌推向市场，用市场发展诗歌"这样的口号，并创办了可算世界第一家的所谓"湛秋诗歌发展公司"，神不神？

所以我作为刘湛秋诗歌公司的刘总经理，也要向你学习、讨教，并寻找共同发展的途径。哈哈，有趣吗？大概明年就要成为大陆文坛的新闻了。我这次首次向外人披露。明年我推出的PTV（诗歌电视）就要在电视台播出。

我女儿在美国很好，估计可能提前读完大学学分，她计划将来在一些地方开演奏会。她英语特棒！

盼电话和你联络。

问候尊夫人！

湛　秋

94.12.8

信如其人。

我也是在这一时期认识刘湛秋的。此前，我读过他的诗歌作品，还有他的译作。我想，刘湛秋翻译的《叶赛宁诗选》，不知让多少人沉醉。此后，他开始热衷于社会活动，以他特有的执着、单纯，向旧有的物质与精神堡垒发起一次次的冲锋。很多的时候，他都是头破血流，却含笑而归。

我与信札中提及的"湛秋诗歌发展公司"有一点关联。我曾主持的某影视公司，为其拍摄制作过PTV，一些作品还在北京电视台播出，只是因PTV不被广告商看好，我们的工作自然成了爱的奉献。当时我就给刘湛秋泼冷水，旗帜鲜明地反对"把诗歌推向市场，用市场发展诗歌"的伟大理想。在我看来，诗歌就是诗歌，市场就是市场，是风马牛不相及的事情。可是，被誉为"作协的犹太人"的刘湛秋，不仅坚持自己的主张，还立下雄心壮志，决心在北京建一栋比中国文联大楼还要高的诗歌大厦。

诗人的想象力丰富，我被刘湛秋镇住了。但，理性告诉我，建诗歌大厦不是简单的事。于是，我问何人来投资诗歌大厦呢？刘湛秋胸有成竹地说，依靠诗人，所有投资的诗人，名字将会刻在诗歌大厦的纪念碑上，永垂青史。我深知，这是一场白日梦，但看着刘湛秋志在千里的神情，我只好沉默。

二十世纪九十年代初，中国文人工资低，稿费也低，又不掌握可以寻租的公权，日子过得并不轻松。文人下海，坚守清贫，是那一时期反复争论的话题。一些自我感觉良好的文人，举着"自强、自救"的大旗，毅然决然地进入了市场。与此同时，被一代大学生称为"抒情诗歌王"的刘湛秋，以他天赐的诗才，响亮抛出"把诗歌推向市场，用市场发展诗歌"的旗号，开始运营他的"湛秋诗歌发展公司"了。建一栋诗歌大厦，并不是他的全部，使"湛秋诗歌发展公司"在美国创业板上市，则是一名诗人的理想达成。

吴正来京，言及刘湛秋的创业过程，幽默地说，诗歌作品永远不是商品。

又是一场新的文化与经济的大跃进。

不久，刘湛秋因一场交通事故，中断了"湛秋诗歌发展公司"的经营，随即远走澳洲。

　　今年年初，已年逾七旬的刘湛秋回到北京，来我家做客，看见我的不满四岁的儿子，感慨地说，孩子是重要的，人生一场，只有孩子会让人看到意义。同时，又用毛笔给我写了四个字：上善若水。

　　一脸慈祥的刘湛秋，已没有"湛秋诗歌发展公司"刘总经理的锋芒了。

　　是岁月让我们平静。

二〇〇八年四月

应该说，陈荒煤为文为官都有不俗的业绩。我熟悉陈荒煤的名字，当然得益于他的文章。也应该说，陈荒煤写了许多文章，出版了几十本书，可细细想来，又说不出他究竟写了哪些文章，出了什么书。用一句时髦话来说，他没有名播八荒的代表作。同样为官又写作的郭沫若、茅盾就不同，他们的作家身份，与他们的《女神》《屈原》《子夜》《林家铺子》紧紧连在了一起。

不过有一点是事实，陈荒煤还是当之无愧的作家，他年轻时代先后在武汉、上海参加左翼戏剧家联盟、中国左翼作家联盟活动，以及所写的一系列短篇小说、散文、文学、电影评论，在文学界、电影界的影响是不能小觑的。后来他担任了中华人民共和国文化部副部长、电影局局长、中国作家协会副主席、中国电影家协会主席等职务，对于提高他的文学影响，完善他的作家形象不无裨益。也可以说，陈荒煤是高级干部里的作家，作家里的高级干部。他致雷加的一封信，可略窥一斑：

雷加同志：

年老多病，气候变化，常感心脏不适。书还没有去邮局寄，却又住院了，要检查一段时间。只好等出院后再寄了。反正也不急，一非"名著"，又无"巨作"，留给老友们作一纪念而已。

自幼爱好文学，特梦想写长篇小说，但一直在文艺界"打杂"，一无所有。"文革"后才又开始写点散文。新时期以来，也仍是"打杂"而已。

不多谈　匆此

祝好

陈荒煤

十月十一日

读这封信，我有一点感动。身居高位的陈荒煤没有糊涂，比如，他不认为自己写的是"名著""巨作"，尽管自己"特梦想写长篇小说"，却因在文艺界打杂未能如愿，只能写一些"留给老友们作一纪念而已"的书了。

文以人贵的现象死灰复燃。本是封建社会等级制度的必然产物，却在当今中国越演越烈。君不见，一首打水诗（打油诗的水平也没有）被捧上了天，一篇平庸的文章，占据了报刊的显要位置，一部浅薄的书，偏偏得了大奖。官位必要，名声必求，搞得文坛成了官场。

不敢说陈荒煤是人格伟岸之人，但我可以说，他是有道德操守的人，是头脑清醒的人，是能够正确看待自己、勇敢反思自己的人。

　　这封信没有年份，根据我的判断，大概写于九十年代初期，收信人乃当代著名散文作家雷加。

二〇〇八年四月

五月五日陈荒煤致仲锷、匡满

　　此信没有年份，从信的内容来看，应该是一九九五年末或一九九六年初写的，陈荒煤担任着中国作家协会副主席和《中国作家》主编的职务。

　　《中国作家》杂志创办人、文艺评论家、作家冯牧一九九五年九月五日病逝，《中国作家》主编一职便由陈荒煤担任。中国历来重视资历，一本文学刊物，少不了一位资深人士出任领导职务，哪怕挂一个虚名。陈荒煤就是《中国作家》的虚名主编。

　　难能可贵的是，病魔缠身的陈荒煤尽管无力阅读稿件，也没有义务参与杂志社的管理，但他对自己的名声十分看重，不时给主持《中国作家》杂志社工作的章仲锷、杨匡满写信，推荐文稿，谈自己的一些想法，尽一名主编的职责。

仲锷、匡满同志：
　　收到来稿。不知《中国作家》是否退稿？现我无力处理，只好转你们，或你们指定一位同志，我再让秘书收到后直接转他。

另，常收到《中国作家》文学教育中心来稿来信，询问办文学班事，甚至怀疑是一种诈骗行为。此教育中心根据来信，似乎在五月又要主办。此事千万慎重，要办一定要办好，有专人负责，不用（要）发生意外，影响《中国作家》声誉。

匆此

祝好

陈荒煤

五月五日

陈荒煤一九一三年生于上海，一九九六年病逝于北京，是中国文坛较重要的作家、文艺评论家。一九三四年开始了小说创作，先后出版了短篇小说集《忧郁的歌》和《长江上》，被视为左翼文学的新人。一九三八年秋赴延安，在鲁迅艺术学院戏剧系、文学系任教。抗战时期，他带领该院文艺工作团赴华北前线采访，创作了《陈赓将军印象记》《刘伯承将军印象记》等报告文学作品，引起广泛关注。抗日战争胜利后，到晋冀鲁豫边区文联、北方大学文艺研究室工作，主编《北方文化》杂志。中华人民共和国成立后，历任中共中央中南局宣传部副部长兼中南军政委员会文化部副部长、国家文化部电影局局长、文化部副部长、中国文联党组副书记、中国艺术研究中心主任、中国影协主席等职，并从事散文与文艺评论写作。"文革"中长期受迫害，复出后，历任中国社会科学院文学研究所副所长、顾问，文化部副部长、顾问，中国作家协会副主席和中国电影艺术研究中心主任等职。散文集《荒野中的地火》获全国首届优秀散文杂文集优秀散文奖。

办杂志，陈荒煤并不陌生。在延安就担任过杂志主编的陈荒煤对信誉非常重视。二十世纪九十年代，几乎所有的文学杂志都在办函授文学班，既培养作者，又为杂志创收，是弥补办刊经费短缺的手段之一。然而，有的杂志因种种原因未能持之以恒，不是半途而废，就是服务不到位，动摇了文学青年对杂志社函授教育的信任，造成了不良的社会影响。显然，陈荒煤对这一社会现象是了解的，因此，他这个挂名主编诚恳表达了自己的忧虑："此事千万慎重，要办一定要办好，有专人负责，不用（要）发生意外，影响'中国作家'声誉。"一个八十多岁的老人，以高度负责的态度，表述了自己的办刊"宗旨"。

一九九六年，陈荒煤辞世，《中国作家》主编的名字被黑框框住。我想，《中国作家》主编是他生前担任时间最短的一个职务。虽然短，他还是重视的。

二〇〇八年五月

一九九七年浩然致
叶延滨

"文革"中红得发紫,"文革"后备受质疑的作家浩然于二〇〇八年二月二十日在北京辞世。浩然因长篇小说《艳阳天》《金光大道》赢得声名,可以说他是当代作家与政治捆绑得最紧,也因此频遭诟病的特殊例证。

浩然原名梁金广,一九三二年生于唐山赵各庄煤矿。他只读过三年小学,十六岁入党,当过记者、编辑,一九五六年开始发表小说。历任《河北日报》、北京《友好报》(俄文)记者,《红旗》杂志编辑,北京作家协会专业作家、副主席、主席,北京市文联副主席,《北京文学》主编。中共十大代表,全国第四届人大代表,中国作家协会第四届理事,中国作家协会全委会委员。

浩然三十二岁创作三卷本长篇小说《艳阳天》,几年后又完成了长篇小说《金光大道》的创作。两部作品受到了江青的青睐,此后便平步青云,由一个农民作家一跃而成为"时代精英"、拟议中的文化部副部长。

一九七四年，浩然被江青"亲自委派"到西沙群岛前线视察，一路风光，写出了《西沙儿女》，后又奉命视察大寨并写成《大地的翅膀》。一九七六年九月，浩然还成为文学界唯一参加毛泽东治丧委员会的代表。

"文革"结束后，浩然受到审查，被解除职务。官方做出的最后审查结论是：浩然"不是帮派分子，在'文革'中摔了跤，但没有完全陷进去"。评价还算准确，一个作家，如果不是被外界利用，还能"陷"到哪里去？但是，尝到政治甜头的浩然一再声明自己不能接受"文革"是"浩劫"的论定，对《艳阳天》《金光大道》也做了肯定性评价，自然引来不少批评。浩然不止一次地声明："在当时的形势下，我没有利用我在社会上的影响，搞任何整人的勾当，没搞任何歪门邪道。"事实是，他曾经保护过老舍，也曾经陷入派性斗争，批斗过小说家端木蕻良、骆宾基、草明等人。

浩然当红时，我正值少年，他的几部代表作基本读了，根据小说改编的电影看了十多遍，浩然其名在我的心中不比毛泽东的名字分量轻。因此，已过不惑之年的我，对浩然依旧保持着好感。为此，我收藏了浩然十年前的一封信：

延滨同志：

近好！

一月二十三日信收到。但是不见年底来信，也许中间丢失了。

去年国庆期间曾接到惠赠的"诗选"，立即回复，并

附一本研究拙作的资料集以示谢意，想来已收见。十月底
到西安，原打算找一安静地方把回忆录提纲考虑一下，不
料大病一场。如今病情好转，但伤了元气，动脑动手都很
困难。所以为《重庆晚报》撰稿之事，病愈后方可进行。
请原谅，并向重庆同志致歉。

问杨泥同志好。

握手

浩　然
一月廿九日匆匆

浩然毕竟是名副其实的作家，"文革"后，浩然文学
创作的势头不错，他先后出版了短篇小说集《花朵集》
《姑娘大了要出嫁》《高高的黄花岭》和长篇小说《山水
情》《苍生》。乡俗三部曲《迷阵》《乐土》《苍生》获中国
大众文学学会首奖。《苍生》被改编为同名电视连续剧，
播出后反响强烈。浩然病逝后，易中天在博客中写道：
"浩然先生去世了，我很难过。浩然先生是对我影响很大
的人。在那个无书可读的年月，我反复阅读的文学作品，
就是浩然先生的《金光大道》和《艳阳天》。无论这些作
品在今天看来有多少不是，但浩然先生对农村和农民的情
感是真实的。他的作品，充满乡土气息，贴近人民群众，
全无八股腔调，至今值得学习。现在，斯人已逝，争论犹
存，何妨求同存异，取长补短？呜呼哀哉，我无以言，谨
此纪念浩然先生。"

我与易中天有同感，对浩然下任何结论都为时过早，
君不见，某些靠迎合、靠献媚、靠吹嘘为生的所谓"主旋

律"作家，尽管没有浩然扎实的生活基础和艺术才华，不是天天幻想浩然的机缘吗，不是时时盼望"首长""大人"的作文命题吗？"文革"四十多年了，改革开放三十年了，中国作家的人格建设并没有与高楼大厦的建设同步发展，奴才心理、宠幸心态，严重制约了中国文学的历史提升。

二○○八年五月

致仁山

十一月二十二日陈涌

生于一九一九年的陈涌原名杨思仲，广东省南海县人，现当代文学研究家，文艺评论家。陈涌一九三五年在家乡读完初级师范，一九三八年自广州奔赴延安，进抗日军政大学学习。一九三九年至一九四一年又入延安鲁迅艺术文学院文学系学习，后在鲁迅艺术文学院文艺理论研究室从事研究工作。一九五四年十一月陈涌在《人民文学》发表了《论鲁迅小说的现实主义》一文，对《呐喊》《彷徨》的思想内容做了深刻的阐述，在当时和以后都产生了广泛影响，在鲁迅研究史上占有一定地位。同时，他对当代作家丁玲、刘白羽等人的创作进行了研究，撰写了一系列评论文章，成为中国著名鲁迅研究专家和文艺理论家。

我是在改革开放以后读到陈涌的成名作《论鲁迅小说的现实主义》和《为文学艺术的现实主义而斗争的鲁迅》。说一句实话，当时并不能领会陈涌文章的内涵，对鲁迅的理解也基本停留在人云亦云的地步，没有个人的理解，个人的观点。不过，对陈涌却心存敬畏，一是文章，二是地位，好像复出后的陈涌担任了中国社科院文研所研究员、现代文学组组长，中共中央办公厅研究室研究员，中共中央书记处研究室顾问，《文艺报》主编等职务，以上的任何职务，对一个乳臭未干的文学青年来讲都是可望而不可即的。

陈涌致仁山的信没有年份，大概是二十世纪九十年代初期写的，已逾古稀之年的陈涌恳切谈了仁山所写的关于自己的文章，既肯定了仁山的工作，也提出了自己的意见。一封短信，表达了一名理论家的冷峻与理性：

仁山同志：

稿子我以为大体是好的，谈的问题比较全面，不够的地方是因为你对一些问题的评述只能仓促从事，我很理解你也有难处。你为这个报导（道）花了很多时间和很多心血，我是清楚的。我对你十分感谢。同时，由于我从根本上现在对我（的）介绍并不热心，因此对你的工作也配合得不好，我为此十分惭愧，也十分抱歉！

写了一封信致声海、福山二位同志，说的也是真话，如果认为可以，便请你转交。

你好！

陈　涌
十一月廿二日

人老了，难免对荣誉、名声什么的格外看重。君不见，一位担任过高职，也得了不少文学奖的老作家，不仅

文 艺 理 论 与 批 评

仁山同志：

　　稿子我认为大体还好，但我自己问题很大，校
全也。我自己也定因为对一些问题不深入深毛
乃难胜任此事，我对处理这件事也有难过。你
为这件事做了好的的和很多事情，我记得
楚么。我对你很十分感谢。同时，由于
我以我报告上每次每次对我来说并不想心，同以对
在此工作也配合得多很好，我为此也十分内疚，也
十分抱歉！

　　另一封信封给康济、分届山二位同志，请你处转
寄去，如果找不到他，你设法任转寄。

1988.6

陈涌
十一月廿二日。

陈涌致仁山手札

老婆、儿子写吹捧文章，秘书也写，自己也写，特别像竞选议员的政客策划推出的推广自己的广告。仁山写陈涌，想法起于仁山。文章不到位，陈涌并没有怪罪仁山，他自己承担了责任："由于我从根本上现在对我的介绍并不热心，因此对你的工作配合得不好，我为此十分惭愧，也十分抱歉！"仁山写陈涌的文章是否完成了，发表于何处，不得而知。但，此信还是让我看到了另外一个陈涌。是不是国统区的文人红起来了，人们便冷落从延安成长起来的作家、诗人、理论家？似乎是在报复当年对国统区文人的轻蔑。一切矫枉过正都是害人的，对此，我们应该保持足够的警惕。

二〇〇八年五月

二十八日周良沛致光孚

　　这封信没有年月，信尾只写了二十八日。周良沛使用的稿纸印着"昆明市文化局革委会"的字样，我推断，此信写于二十世纪七十年代末和八十年代初。

　　显然，收信人光孚是一位研究拉丁美洲文学的专家，周良沛在信札中谈论的就是有关智利诗人聂鲁达诗歌作品的翻译出版问题：

光孚同志：

　　邹绛同志转来您的《关于聂鲁达》，我已拜读，除了应该感谢您对《诗选》的支持，文章所提供的资料，首先是帮助了我了解聂鲁达。

　　《诗选》，除了作品，有艾青《沉船·往事·回忆》与作者的《关于我的生活与创作》代序。后者长达二万来字。同时，根据日内瓦最近出的《聂鲁达》专号上的一个比较简单的《年表》，也请人译过了。为了目前文艺上您所知道的原因及避免重复，希望您能改动一些地方。

首先，十一页后的"反华问题"是愈说愈不清的问题，不如一笔略过，同时艾青的文章就很含蓄地讲过了，再讲就没必要，老讲艾青、丁玲及反右问题，有人看得是不舒服的。加上七号文件已是命令不叫写反右了，我们在这里这么做是否必要？不必去惹些麻烦。怕得全删去。

为了不与"年表"撞车，我希望第二节还能扩大您所掌握的那些生动的材料进来。像引用的天鹅、卖家具印书等细节及关于现实主义的见解，是很生动的，是年表的形象化。若是时间等方面有困难，我们也不坚持这一意见，还是尊重您的想法。

我刚从成都来，"四川"对《诗选》的出版很花本钱，要精印，要求稿子也能高质量，因此全赖你们几位研究拉丁美洲文学的专家给予帮助了。

稿子改好，寄邹绛或我都行。我的地址是昆明云南饭店 2－305。

此致

撰安

周良沛
28 日

周良沛，一九三三年十一月十九日出生于浔阳江头，祖籍为中国土地革命时期井冈山中心地区的永新县。二十世纪五十年代，他开始在诗坛活跃，其早期作品明朗、生动，抒发了一代青年的爱国情怀。一九五八年，周良沛被错划为"右派"，在极度痛苦之中度过了二十年的光阴，直

光孚同志：

　　邹绛同志转来您的关于聂鲁达、……包……读，除了应该感谢您对他们这本的支持，文章所提供的资料，首先是帮助了我了解聂鲁达。

　　《诗选》，除了作品，有或者的沉船·往事·回……与作者的关于两的生活与创作的代序。后者长达二万来字。同时，根据日内瓦最近出的《聂鲁达诗导上的一个比较简要的《材料》，也请人译过了。为了避免目前文艺上您所知道的原因又避免重复，希望您能改动一些地方。

　　首先，十一文后的"反华向达"是忘记忘了诸的向达，不妨一笔略过。同时或者的文章我想含蓄地讲过了，再讲就很必要。老诗艾青、丁玲又反右向达，有人看得是不舒服的。加上七号文件已是今会了，叫艾右右了。我仍在这呈送

昆明市文化局革委会稿纸　　　　20×15=300　　　　第　页

周良沛致光孚信（一）

以作已无必要。不必在菜忙麻烦。怕得全删去。

另一、二、五节表现接車。而希望第三节还能扩大回忆所掌握以即安色泛以材料出来。像引用以天鹅、莫伯桑以言等细节等又关于现实主义以见解。是很生动的，是示表以形象化。若是时间方面有困难。我们也不里好送一意见。还是尊重您以想法。

我刚写成都去"9川"对概诗这以以出版纪花本编。要精印。要求稿子也比高贯重。因此全稿付作以位研究捷丁差附文学以专家给予车助了。

稿子以好。寄邹徒式成都行。我以地址是
昆明云南饭店2—305

此致

敬安

周良沛 28日

昆明市文化局革委会稿纸   20×15=300   第   页

周良沛致光孚信（二）

到一九七九年改正。国家不幸诗家兴，在个人的痛楚之中，他切身感受到民族的悲剧，因此，复出后的周良沛开始深入思考，至此，从他肺腑中喷发出来的歌声少了甜媚，多了苍凉。同时，他勤于案头工作，以学术的视角，撰写了一系列随笔和论文，理性表达一位诗人、作家对生命、文学与理想的认知。

对聂鲁达，中国读者并不陌生。冷战期间，西方社会对我国进行经济与文化封锁，我们只能倒向苏联，其结果是，我们对世界的了解，就是对苏联的了解。为了拓展新中国的外交途径，我们去拉丁美洲交朋结友，为此，诗人艾青突破重重困难，抵达南美访问，并得到诺贝尔文学奖得主聂鲁达的热烈欢迎。我读过杨匡满与其兄杨匡汉合著的《艾青传论》，其中详细描述了艾青访问南美，并与聂鲁达见面的经过。当时，艾青还写了一首题为《给巴勃罗·聂鲁达》的抒情诗：

你生长在太平洋
和安第斯山之间的
窄长的地带里
——你是山岳与海洋的儿子

安地斯山有 7 035 公尺高
你比安地斯山高得多
看见安第斯山的人很少
看见你的人却很多

一九五七年，聂鲁达再一次访问中国，艾青专程到昆明迎接客人。这时候，周良沛也在昆明，他是否加入了欢迎聂鲁达的队伍，不得而知。不过，对此次中国之行，聂鲁达记忆深刻，他在回忆录《我承认，我曾历尽沧桑》一书中写道："现在她是一个崭新的国家，她以道德纯洁而令人赞叹。缺点、微小的冲突、不了解情况以及我所讲的许多事情，都微不足道，小事一桩。我主要的印象是，我观察到了在这个拥有世界最古老文化的辽阔土地上所取得的成绩卓著的变化。到处都在进行着试验，数都数不过来。封建的农业也要变革了。道德风尚犹如台风过后那么清新纯洁。"

中国诗人艾青，也出现在聂鲁达的笔下："他那宽大的黝黑脸庞，他那一对机灵和善的大眼睛以及他的聪明伶俐劲儿，是我们这次漫长的旅行的一个愉快的结果。"

中国，中国诗人，触动了聂鲁达的诗情，他写下了《新中国之歌》，表达了一位智利诗人对中国的感情。遗憾的是，聂鲁达离开中国时，送行的人群中没有艾青的身影，他在聂鲁达访问中国的时刻，鬼使神差地被戴上了"右派"的帽子。"右派"，这个政治名词，聂鲁达无论如何也不解其意。

当时的周良沛已在诗坛崭露头角，虽然没有艾青的影响大，"右派"的帽子也领了一顶，成为中国人群中的另类，从此，在公众视野中消失。二十年后，周良沛恢复了创作的自由，重新走上创作的道路。然而，二十年非人的待遇，使他噤若寒蝉，提起笔，就想起了刚刚告别的极左的年代。"老讲艾青、丁玲及反右问题，有人看得是不舒服的。"周良沛的内心很苦。

　　不反思行吗？一个人不反思就看不到前进的方向，一个民族不反思，就无法超越。

　　可以剥夺我的自由，却剥夺不了我自由思考的权利。

二〇〇八年五月

一九七三年张光年致杨匡满

张光年，当代著名诗人、文艺理论家，文学界资深领导人。其歌词作品《黄河大合唱》，是民族危难时期的精神号角。中国共产党建立政权，《黄河大合唱》随即更成为当下语文教育的经典之作。我读中学的时候，一堂语文课，让我记住了张光年。

杨匡满，当代著名诗人、作家。一九六六年，杨匡满毕业于北京大学中文系，分至中国作家协会工作，张光年成为他的领导、同事。"文革"期间，两个人一同到咸宁干校劳动改造。张光年的《向阳日记》，多次提及杨匡满，那种特殊时期忘年的鼓励、关怀、友谊，对我的感染不亚于《黄河大合唱》。这一时期，张、杨通信不断，此信是其中的一封：

匡满同志：我已于一日顺利返回连队，仍住原来房间，现在是我一人独占了。房间几月未住人，推门一看，另是一番景象：蛛网尘封，白霉铺地，破纸堆里，跳出青蛙来迎。丁力帮我清扫，张小华帮洗帐子、晒床板，叶勤帮晒被褥。我也化（花）了两天打扫、清理、洗晒、归置，因此累倒，在床上躺了两天，却也体会劳动改造世界的乐趣。如今虽然谈不上窗明几净，却也建立新秩序，可以为所欲为了。

组织上很照顾，同志们很亲切。我和其他几位病号（周明、雷奔、曹琳）被宣布为"以休养为主，免除劳动"。我则于天晴时候，到菜地干点轻活，干到一两个小时，辄被劝止。学习时间是充裕的，伙食是好的，空气十分新鲜，散步聊天不少，可以在这里过一段休养员生活。

该回来的差不多都回来了，连里有一段小兴旺气象。由于其他连队回来的不多，有关分配问题的传达、学习等等，恐怕下月才能开始。这两天是欢送到广西去的同志，全校近三十人，老五连却只有甘棠惠和许敏歧，还有原十四连的王士菁、欧阳柏等同志，定二十日成行，因雨也可能延期几天。

你近来忙吗？愿你诸事顺遂！你父母亲远道来京，我未能尽地主之谊，深以为憾！请代向两老致意问好！

你丢下的几件破衣烂衫，已交给缝纫组做铺垫了。还有玉米须、破脸盆、旧网袋之类，尚待处理。有一把小木椅，是张天翼留下的吧？我想应移交他的夫人。应当承认现实，不能采取不承认主义。我还想到，过去发现的一双无主的雨裤，也可能是天翼的。我没问过他，前数月便托丁力上缴连部，那就算了。——这些都是补白式的废话了。

刚才甘棠惠来说，他们一行明天就走，下雨行李运不出，建议随后代运。甘、许是要去搞创作的，原来已接洽好了。这次广西教育局长来，则动员他们去教书。几经交涉，同意到那里再力争满足他们的愿望。广西来人很热情，工作很细致，去的人都比较满意。昨天见到王士菁，他被邀到广西大学教书。他说，去教教书也还不错。（19日已送走了）

祝近好！顺候杨小敏、崔道怡、小周明同志好！

光　年

73.6.18

听杨匡满谈起张光年，是七年前的一个下午。张光年辞世不久，杨匡满还没有脱离失去旧友的伤痛，清癯的脸颊，隐隐可见感伤岁月的暗影。杨匡满回忆起与张光年的相见，他说："那一天张光年说了很多话，有一句话我永远忘不了——当人民的利益与部门的利益发生冲突时，一定要站在人民的利益一边。"

显然，张光年的话语方式铭刻着那一时代的思想痕迹，比如人民、人民利益、部门利益等词语，其含义也不能彻底说清楚。但，张光年的价值观是一目了然的，那就是人民——我所理解的平民——弱势群体的利益遭到威胁时，我们义不容辞地要与他们站在一起。

张光年站在主流社会的立场所表达的忧世情怀，是一位一九二七年加入中国共产党的老布尔什维克的政治理想，那种单纯与执着，引起了我的思索。

正如同张光年与杨匡满在"文革"期间被边缘化一

样，当代许多作家在利益集团的重组过程和市场经济的竞
争中被边缘化了，物质与精神的双重压迫，鲜有人重复张
光年对杨匡满的真诚倾诉。人民、人民利益、部门利益的
边界已难分清。

我没有见过张光年，但我知道张光年是一位有激情的
诗人，有理性的学者，有道义的领导。常能见到杨匡满，
常能听到张光年青年、中年、老年的故事，不同时期的故
事，一直诱惑着我，温暖着我。

二〇〇八年五月

一九七二年郭小川致匡满、敏歧、周明

郭小川，大名鼎鼎，名扬中外。尽管对其诗有迥异的解释，有天壤之别的评价，但对其人却众口一词：豪爽、仗义、人格伟岸。

郭小川属于体制内诗人，职务高，工资多，与中共高层接触密切。"文革"期间，曾偶遇华国锋、李先念、纪登奎等人，并就文艺界情况进行谈话。

我喜爱文学的时候，恰逢郭小川诗集出版的鼎盛时期，新华书店的诗歌柜台，至少摆放着郭小川数种诗集，如《将军三部曲》《一个和八个》《郭小川诗选》等。那一时代，郭小川的诗歌作品几乎成了"新民谣"，任何集会，甚至是不太严肃的婚礼、生日庆典、酒席，都能听到人们朗诵郭小川的诗歌，耳熟能详的作品有《青纱帐·甘蔗林》《团泊洼的秋天》《祝酒歌》等。二十世纪九十年代，对郭小川诗歌作品的争议越来越大，否定郭小川诗歌作品的声音一天强过一天。

　　进入二十一世纪，我等已逾不惑，郭小川当之无愧地变成了历史人物，经济进入了史无前例的快车道，政治体制改革的呼声一天高过一天。我问杨匡满，如果郭小川活到今天，他对中国的现状该如何面对。与郭小川交情甚笃的杨匡满思忖了许久，说道："郭小川是一个改革派。"

　　写了《将军三部曲》，写了《青纱帐·甘蔗林》《团泊洼的秋天》和《一个和八个》的郭小川，我们没有理由怀疑他在今天的民主诉求。

　　这封信写于一九七二年十一月：

匡满、敏歧、周明同志：

　　收到匡满的信。上次信，是带着矛盾的心情写的。从体育工作需要着眼和早点工作这个共同思想出发，我愿意你们去《体育报》；从文艺工作的长远需要着眼，又不太愿意让你们去。我也想到，此时与填表时已不同，原来的考虑会有一些变动（这是理所当然的），所以也没有把话说绝。敏歧现决心如此之大，我想再加点劲。匡满想去一年，怕不行，拟从侧面问问。其他几位同志不想去，可以告我，我当即转达，但我现在先不讲，再请考虑一番。计永佑同志想去，已转过了，请转告他，谢他对我的关切之情。

　　调动事，当然要由组织上正式办，我不敢越轨，只透露一点消息。目的是使分配得更合适。马上不能走，也不要忙，不是没人要……这意思，是上次信的主要内容，请从"穷开心"的外表中深知此意吧。

　　我和你们诸位不同，老了，有点工作做一做，就很满足了。所以只要有个单位要，就很满足了。但是，恰恰是我们这样的人难定。目前，我是在治病空隙中帮帮助，说不上"大显身手"。我是愿意去的，只怕去不了。

算了，关于工作事就说这些吧。请转告大家，我怀念同志们！体委的调动，估计会充分考虑个人的志愿。

现在说一点你们爱听的消息吧。

我今天看了乒乓球队的训练，印象很好。话要说得远一些。从三十届起，我们男队处境显出了新的困难，主要是欧洲球队的技术有了发展，他们学了日本的弧圈，也学了我们的快攻。因此，我们的运动员在未进入训练的时候，用快攻压不住他们，有些被动。所以出现了一些争论：到底是跟他们一样打弧圈呢？还是保持我们的快攻的特点？到最近才算定下来。大家情绪也不那么十分稳定。这本是不可免的过程。最近，陈先、徐寅生率许绍发、于贻泽、刁文元等访欧并参加斯堪的那维亚比赛，主要目的就是去摸摸情况。现在看来，情况就是如此，对了。我在南斯拉夫打了四场，输了三场，赢了一场，有可能是人家让的。去斯堪的那维亚比赛，南斯拉夫冠军，捷克亚军；我队和日本队并列第三名。我输给南，日输给捷。这些情况，是去明年（32届）四月前要充分研究、解决问题的。

怎样解决这个问题？我摸了一下。是健全个人技术发展方向问题。基本原因是过去训练差，时间少，管训练的人也没有多少威信。快攻成了"半快不慢"，当然就压不住人家了，因此，有的运动员对快攻产生了怀疑。现在李梦华总管，陈先带病回来，局面不同了。李景光的病也好了，兼练快攻，情绪都好多了。我今天第一次去，蓬勃之气，迎面而来。我还是有信心的。乒乓球队依然是一个好的集体，立过大功，现在也能顶得住。如果身体吃得消，说不定再写一篇通讯，但未必能成。我这人，你们……经常是好大喜功，志大才疏，改不了。可见改造之难。

累了，止住吧，再谈。

小　川
廿七日夜

杨匡满详细介绍了这封信的背景。王猛主持国家体委工作，借调郭小川来国家体委帮忙，郭小川获得短暂"解放"。郭小川有了一点"自由"，他就开始关心没有"解放"，没有"自由"的朋友，尤其是那些有才华、又年轻的小朋友们。他四处打探，哪怕有一丝一毫的机会，他立刻"通风报信"，予以推荐。

郭小川是超级球迷，杨匡满也是，有没有郭小川的影响，不得而知。有时候去杨府拜访，常吃闭门羹，原来他在地下室打乒乓球，他的高明之处在于，可以把一个不懂球的人，教成自己从此打不赢的行家里手。

郭小川在国家体委工作，写了几篇有关乒乓球的通讯，其中一篇在《新体育》杂志发表后反响强烈，引起江青的注意。这篇文章写了庄则栋，郭小川以笨鸟先飞的精神，隐喻中国乒乓球队的崛起。江青笼罩在极端民族主义的阴影下，她反对把中国乒乓球队员说成"笨鸟"，因此，郭小川因文获罪，不久，又被剥夺"自由"，遣送湖北咸宁干校劳动改造。两年后，郭小川在回京的路途中意外离世。

　　郭小川的诗离我越来越远了，郭小川其人与我越来越近了。在这封信中，我看到的郭小川绝不是"好大喜功，志大才疏"的轻佻诗人，反而是有君子风度的挺拔男人。

二〇〇八年六月

一九八二年刘心武致李文合

刘心武从《班主任》《爱情的位置》《醒来吧！弟弟》到《如意》《钟鼓楼》，从《人民文学》的主编到"秦（可卿）学"的创始人，进而在中央电视台百家讲坛亮相，可谓年年有戏唱，年年唱好戏。

刘心武的"不朽"是有道理的，因为他是一个注重细节的人。有一本励志畅销书就叫《细节决定成败》，我不知道刘心武看过这本书没有，但他的细节意识让我瞠目。

一九八二年的刘心武有一本题为《同文学青年对话》的小书，将由文化艺术出版社出版，责任编辑李文合。这一年的五月十三日，刘心武致信李文合，对这本书的出版提出了一些要求：

文合同志：您好！我到四川去了一趟，昨天回到北京。

那本小册子，想已发稿了吧？封面搞得如何？书名《同文学青年对话》是美术字还是手写体？盼弄得醒目一点。(书名不要用《同文学青年对话》，因为此小册子不是针对已能发表作品的青年作者，而是针对一般文学青年写的)书脊上望上书名和作者名，最好印成窄长条儿，可以放在工作服口袋中。每部分之间最好隔一空页，上面可以搞点装饰性图案。

又一次打扰您，很感不安。但您应能理解一个作者的心情，想是希望书能出得好一点的。盼便中简复我一信。致敬礼

刘心武

1982.5.13

记得我买过这本书。那时候我十九岁，正是刘心武所说的"一般文学青年"，稚嫩得很。

为一本书的出版，刘心武煞费苦心，想到那么多的细节问题，诸如封面的字体，书脊上的书名和作者名，以及内文空页的图案，可谓一丝不苟。我相信，如果刘心武当书商，肯定也是一个成功的书商，他的耐心，他对读者的尊重，必定使他走向辉煌。

一九八二年出书不易，我曾问过"劲松三刘"之一的刘湛秋，当年出书是否向出版社的编辑提出过书籍装帧的要求。他摇摇头，说，当年出书可是天大的事，能出版就是成功，哪有心情提别的要求。看看，刘心武就是刘心武，刘湛秋就是刘湛秋，当年的"劲松三刘"肯定要拉开距离了。

无疑，"劲松三刘"中最火的就是刘心武。

二○○八年六月

一九九〇年丁力致程代熙

读丁力的第一篇文章是写诗人李松涛《第一缕炊烟》的诗评，时间大概是一九八〇年前后，发表在《诗刊》，这篇文章让我知道了评论家丁力和诗人李松涛。也是这一时期，以北岛、舒婷、顾城、杨炼、梁小斌等为代表的年轻诗人，用他们新颖的诗作，颠覆了传统的诗歌审美，开创了当代中国文学史新的诗歌流派朦胧诗派。

我喜欢读朦胧诗，也学着写这种诗，有时候还邀上三五诗友，共同朗诵。可以这样说，朦胧诗带给我们迥然不同的艺术愉悦，也是我们精神世界的重要支撑。朦胧诗的影响不断扩大，最终引起两种不同的政治观、美学观的激烈碰撞。

一九九〇年，作为我国著名诗歌评论家的丁力致信文艺理论家程代熙，再次谈起朦胧诗：

程代熙同志：您好！

贵刊创办以来，一直迎着风浪前进，高举马克思主义

的文艺大旗，抵制不正之风，令人十分佩服。在资产阶级
自由化方面，诗坛也是一个重灾区。至今尚未做认真的清
理。而且还有人在打"擦边球"，这种朦胧诗选，那种朦
胧诗赏析，照出不误。真怪事也！

　　我儿子慨然写了一篇论新诗优良传统的文章，未点名
批评某些人的观点。我看了一下，寄给你们审阅，看是否
可用？如不行，可退还给他，提些意见，令其修改。祝
编撰两安

丁　力

90.8.31

　　程代熙时任《当代文学理论与批评》杂志主编，精通
俄语，曾翻译、写作、编辑若干文学理论著作，是一位颇
有成绩的理论家。当年有关朦胧诗的论战，我已记不得程
代熙之说了。不过，从丁力的信中，可以推断出来，他们
对朦胧诗的观点有可能是一致的。不然，丁力不会对《当
代文学理论与批评》的编辑思想推崇备至。

　　二十世纪九十年代初期，有关"姓资""姓社"的争
论，使文学界有了更加明显的左右之分，显然，丁力是思
想"左"倾的诗歌评论家。

　　关于思想界、文学界的左右之争，还是改革与保守之
别，我已有了新的理解。左与右，不是好与坏，改革与保
守，也不一定是进步与落后的分水岭。君不见，被处置的
大贪官们，哪一个不是以改革的名义或以改革家的身份肆
意进行中饱私囊的勾当。

　　朦胧诗横空出世的十年，当许多人开始沉默和失语

时，丁力依旧对朦胧诗穷追不舍，甚至对朦胧诗的出版也耿耿于怀，以"真怪事也"讥讽之。有意思的是，他坚持的文学立场，又交给儿子坚守，"我儿子慨然写了一篇论新诗优良传统的文章，未点名批评某些人的观点"。丁力举才不避亲，把丁慨然"未点名批评某些人的观点"的文章推荐给程代熙。

我不知道这篇文章是否在《当代文学理论与批评》杂志上发表，我也没有读到这篇立场坚定的文章。时间过去了十八年，丁力先生，程代熙先生也先后作古，我辈把朦胧诗当文学"第一口奶"的文学青年，亦人到中年。

北岛老了，顾城死了，"八〇后"的读者把朦胧诗当成了文学遗产。可是，据了解，在书店中能卖出去的诗集仅仅是北岛、顾城、舒婷等人的作品了。似乎当下无诗。

二〇〇八年六月

当代作家，没有人像白桦一样，与政治捆绑得如此紧密。电影《苦恋》没有公映，遭到全国性的批判，白桦之名，随之被放大了许多倍。

应该说白桦是才华横溢的诗人、作家。我读高中时，与朋友们结成诗社，经常搞朗诵活动，我朗诵最多的诗作就是白桦的《阳光谁也不能垄断》。后来又看到白桦编剧的电影《山间铃响马帮来》，佩服得五体投地。

白桦颇具艺术气质，即使一封硬笔简札，也会流露出诗人的蕴致。看看他于一九九五年写给吴正的一封信：

吴正：读了你的设想，我以为很好，则已成熟。很有味道，从始到终要贯串客观和主观的尖锐矛盾。你一定要注意少用说理，而多用具体生动的生活素材。要特别注意色调的强烈对比。人类智慧与诗意的幻想追求与政治和金钱的不调和。不要怕写出自己的双重性（包括志趣、才能），我希望这部书要精选你自己已有的素材，则不排斥想象。

秋安

白　桦

95.11.1

　　吴正是上海人，一九七八年移居香港，在大陆、香港、台湾出版小说、随笔、诗歌、理论、译著达几十种，是上海旅居香港的作家。

　　吴正对白桦行弟子礼，每次回上海，必访白桦，谈天下大事或小事，谈自己的创作。吴正对我说，白桦在知识结构和艺术感觉上是出众的，每每与他谈文学，自己都会受到启发。白桦把吴正当成了小兄弟，二〇〇六年在北京举行的吴正长篇小说《长夜半生》的研讨会上，白桦做了情真意切的书面发言，一个七十多岁的老人，依旧保持诗人的激情，在一刻钟的发言中，讲吴正的传奇经历，讲吴正小说的得与失，情感之真，说理之透，给与会的朋友留下了深刻的印象。

　　一九九五年白桦写给吴正的信，是对吴正一次写作计划的建议。白桦当然了解吴正的艺术禀赋，高屋建瓴地谈了自己的观点，"但一定要注意少用说理，而多采用具体生动的生活素材。要特别注意色调的强烈对比"，短短数语，颇像一位老到的足球教练对一位老到的足球前锋的嘱托。

二〇〇八年六月

　　遗憾的是，这封信没有年份，只有月日。这一点陆石受了传统信札的影响。是我欣赏了不知次数的传统手札经典，这使我想起如陆机的《平复帖》，"二王"、颜真卿、苏东坡、董其昌、翁同龢、吴大澂等人的尺牍，均有月日，不见年份。

　　陆石有书法家的名衔，是中国书法家协会的创建人之一，一九八五年担任了中国书法家协会副主席兼秘书长，主持书协工作。

　　陆石是延安干部，新中国成立后曾在公安部担任办公厅宣传室主任、政策研究室主任。在公安部工作期间，陆石与文达合作，出版了小说《双铃马蹄表》，后改成电影《国庆十点钟》，产生了极大的影响。不久，陆石加入了中国作家协会。

　　一九八〇年，陆石被任命为中国文联党组成员、秘书长，成为中国文联的领导核心之一。他写给周扬、夏衍的信，是他在中国文联任职期间所写的一份公函。请看——

周扬同志、夏衍同志：

　　中直机关临时纪律检查委员会来函，说文联有群众反映阳翰笙同志访日回来整箱礼品拿回家，又说阳翰笙同志出国时带了大批贵重礼品。文联临时党委要我们证明一下有无此事，我和李可染、凤子、谌容同志等把带出和在日所受礼品的情况，列了一个清单，现送上请审查后，以便送临时党委转报中直机关临时纪委会。此致
敬礼

陆　石
六月十八日

　　陆石一九八○年到中国文联工作，一九八五年到中国书法家协会任职，此信一定写于一九八○年到一九八五年之间。信中所议焦点，是与周扬、田汉、夏衍合称四条汉子的阳翰笙的贪腐问题。这封信于当天呈报周扬和夏衍，两个人均圈阅了，夏衍还写下了圈阅的日期——六月十八日，但，都没有在信上做批示。

　　今天看来，信中所涉及的阳翰笙的问题根本就不是问题，然而，那是二十世纪的八十年代，人们的思想观念、纪律处罚与今天大不一样。

　　我不想深究信中所提问题的结果，也不想了解阳翰笙是否有此劣迹。但我知道，阳翰笙始终享有较高的社会声望，他的隆重葬礼似乎可以说明这一点。

　　不过，陆石的公函让我想到许多，在物质贫乏的年

代，我们对外国商品所表现出来的敏感和谦恭，一度让我们失去了尊严。即使现在，我们的心还隐隐作痛。

二〇〇八年七月

一九九七年杜导正致定邦

我连续数年订阅《炎黄春秋》杂志，对其社长杜导正不陌生。杜导正生于一九二三年，山西省定襄县人。一九三七年十月参加革命，同年十月加入中国共产党。一九四六年初起历任《晋察冀日报》记者、新华通讯社解放军第六十七军新华支社副社长、第二十兵团新华分社副社长。新中国成立后，历任新华社河北分社社长、广东分社社长，中共中央中南局机关报《羊城晚报》总编辑。"文革"后，历任新华总社党组成员兼国内部主任、《光明日报》总编辑、新闻出版署署长。著有《是与非——对我漫长记者生涯的反思》，主编《初探日本》《张学良》等。

杜导正对中国的现实问题十分关心，在新闻出版署署长的位置上，一直为《新闻法》《出版法》的出笼奔走呼号。同时，他深入分析社会腐败的根源，积极推动政治民主建设，正如陈云所说：不唯上，不唯书，只唯实。赢得了广泛的尊重。

《炎黄春秋》我每期必读，有胆有识的作者，有思想的文章，让我感受到了人类理性的力量。

杜导正写这封信的时候，已是七十四岁的老人，不过，文笔异常流畅，思路十分清晰：

> 定邦：信刚刚收到，你不顾天寒地冻地来家探望，实在不敢当了！今年我两次赴上海，一次安徽，一次河北，一次香港……我又热衷于办《炎黄春秋》，我又做了某专栏作者，一个月得写个三五篇，三胞胎又多事，确乎忙些。老朋友老同学间来往少了些。知你身体好，比什么都使老同学高兴。任瑞成处，已有信件往来。永宁处，见了两三次，他病情稳定。家乡近时常有人来，丰收，但谷贱伤农，一斤玉米过去七角，现四角无人问津。社会治安有好转，干部作风无转变！非常地感谢你，祝你一家什么都好。
>
> 杜导正
> 一九九七年一月十三日下午

杜导正写于一九九七年一月份的信，提及"今年我两次赴上海，一次安徽，一次河北，一次香港"，显然是以阴历纪年。对于办《炎黄春秋》，担任专栏作者，老人还是胸有成竹的。确乎忙些，但乐在其中。我对杜导正所谈的农村问题特别感兴趣："家乡近时常有人来，丰收，但谷贱伤农，一斤玉米过去七角，现四角无人问津。社会治安有好转，干部作风无转变！"寥寥数语，揭示出老人对乡村社会的忧患。时至今日，他依旧关心玉米的价格，干部的作风。

杜导正在广东工作期间，经常与陶铸同志下乡，陶铸对农村工作"三餐干饭不要钱"的理想，自然影响了杜导正。浮夸风肆虐时，杜导正一针见血地指出了问题的症结，语言之激烈，连明智的陶铸都接受不了，结果被划成"右派"。一九六二年二月，中央七千人大会以后，广东省委副秘书长陈越平、文教部长梁嘉找杜导正谈话，说："陶铸同志让我们转告你，说杜导正同志当时对农村形势的估计是正确的，比我们正确。"一个刚直不阿，一个光明磊落，都是好样的男人。

二〇〇八年七月

光耀，即作家徐光耀。他写了许多文章，最著名的就是《小兵张嘎》。我这个年纪的人，少年时代的第一偶像，恐怕就是小兵张嘎了。至于看过多少遍电影《小兵张嘎》，无论如何是说不清楚的。

《小兵张嘎》非常出名，徐光耀却鲜为人知。改革开放以后我才知道，一九五七年，徐光耀就被打成"右派"，开除党籍、军籍，剥夺军衔，降职降薪，到河北保定某农场劳动改造。一九三八年参加八路军的徐光耀当然想不通，自己的"右派"从何而来。毕竟是从战火硝烟中成长起来的，在保定一边劳动，一边写作，《小兵张嘎》就这样诞生了。《小兵张嘎》塑造了一个在抗日战争中成长起来的英雄少年张嘎子的人物形象，顽皮、机智的性格，给读者和观众留下了深刻的印象。小说和电影分别获第二次全国少年儿童文艺创作评奖一等奖。我对徐光耀的注意，起于他于二十一世纪初出版的随笔集《昨夜西风凋碧树》，这本书由北京十月文艺出版社出版，写到了文艺界反"右派"前后的事情，所描述的一些人，如许广平、周扬、陈企霞、郭小川、方纪、冯雪峰、艾青、张光年等人，令我哭笑不得。于是，我想起一句流行的话：好的制度，坏人可以变成好人；坏的制度，好人可以变成坏人。也是因为这本书，我对徐光耀的认识全面了。他不仅是写英雄人物的作家，也是敢于反思历史的知识分子。

我有一封徐光耀的旧信——

刘亮同志：

接三月一日来信，大为欢喜。老战友，老难友，一同发配、劳改，又一同在保定的底层经受磨难，把我们的大好时光、一生中的黄金时代，虚掷在那里，只这共同的经历，便把我们凝聚在一起了。按佛教的说法，这也叫作有缘吧。可这一份缘，把我们拖得也太长久了。现在虽已轻松，当年可是度日如年啊！

您终于回到北京，无论怎么说，至少在形式上也是较为幸运的。北京毕竟有很多优长，环境和政治、文化气氛，别处也难比。就算一个普通公民，也还会感到它的益处的。我也曾努力过，无奈老战友们虽然给想了不少法子，但都不奏效，也只得认命了。如今已在石家庄离休，根子扎在这里，比上不足，比下还有余，也就知足了。还有不少想不开的"右派"白创（划）了，或没有熬到"改正"之日，他们就更惨！安伟精力无穷，老当益壮，我真佩服他。那本书，他真下了大功夫，简直可以感动上帝，可惜，毕竟势力不济，时运不通，一再受阻，令人沮丧。

我也曾努力帮忙，终是力单无计，徒唤奈何。唉，都是古稀之人了，知我去年两次住院，未免有点悲观。近半年来，由于采取了"综合治理"之法，几乎用全部时间在养性和修炼上，倒也见到些效果，体力精神都有某种程度的恢复。或者不致被"七十三"的坎儿卡住。管他，活下去吧。想太多了也没用。

您的身体基础似一直不错，我总在羡慕您。但，不错，也不可麻痹大意。一把年纪的人，是必须认真进行调摄将养的。祝全家好！

紧紧地握手！

光　耀

97.3.12

终能看见它的面世否！

读罢，心有苦涩。生命暮年的感伤与无奈跃然纸上，于此，我看到了一个真实的徐光耀。一九五九年，也就是写出《小兵张嘎》以后，他到保定市文联工作，直到一九八一年调到河北省文联，于一九八三年至一九八六年任文联党组书记，是中国文联第四、五届委员，中国作协第三、四届理事。

徐光耀在《昨夜西风凋碧树》一书中剖析了自己，详细回顾了一次次被诱导，直至写出《海阔凭鱼跃——向部队文艺领导献上我的几点浅见》一文，终遭大祸临头，受到不应有的惩罚。写这篇文章时，刚好读到雷颐发表在《经济观察报》（二〇〇八年七月二十一日）上的文章《书与人的命运》。雷颐写了苏联作家法捷耶夫《青年近卫军》

和中国作家刘知侠的《铁道游击队》的坎坷经历。两部"正统得不能再正统、旋律主得不能再主的"（雷颐语）"红色经典"，竟然遭到体制内的严厉批判和疯狂打压。法捷耶夫幸运一些，修改了《青年近卫军》，强调了苏共对游击队的领导，顺利过关了。相反，刘知侠被囚禁，遭到非人的磨难，险些丧命。党内斗争，拿一本小说祭旗，拿一位作家开刀，历史并不多见。雷颐在文章最后写道："一个不敢、不能、不愿正视自己过去、正视自己历史的群体或民族，将会走向何方？不能不令人担忧。但愿，这只是杞人忧天。"我与雷颐先生有同感。

二〇〇八年七月

六月十八日张长弓致植材

我为张长弓惋惜，刚近古稀之年便因病辞世。生于一九三一年的张长弓自一九五二年开始发表文学作品，一九五九年加入中国作家协会，是新时期一位较重要的作家。担任过内蒙古作家协会副主席。书法界也有一位叫张长弓的先生，初看此公的书法作品，误以为是作家张长弓写的，后来才知道，此张非彼张。不过，作家张长弓也有书名，又通绘事，这些长处，给张长弓的晚年增加了不少光彩。我对张长弓的小说印象淡薄，他有一副自作对联，倒令我感喟良久："笔挟元气诗自淡，书到精纯墨偏焦。"虽说讲的是人生常理，但，出自一位当代作家的手笔，就该另眼相看了。我有研究作家书法之癖，不过，放眼文坛，能书者不过尔尔，能写得入眼者更是不过尔尔。

我曾说过，当代一些擅长书法的作家，由于他们深厚的文学修养和丰富的人生阅历，对他们的毛笔书写起到了促进作用，使他们的书法作品产生了别样的艺术情调和萧疏、达观的艺术风格。书法毕竟是一种独立的艺术，有自身的艺术规律，审美标准，不深入临帖，仅以硬笔的书写习惯写毛笔字，何谈艺术创作？所以，我又说道，当代作家书法，仅是名人字而已，与历史上的文人字风马牛不相及。

张长弓喜欢写字，他致植材的信，提到了自己的书法，感觉良好：

植材：实在对不起，累得你破费而又瞎了东西，早知如此，我下火车后即当到尊府去，那时又有酒，又有鱼，大啖一顿，其乐何如！而我则挤到车上，坐在便席，一夜不曾合眼，尤其是囊中分文皆无，忍饥饿，吞口水，真是苦哉！

为了赎罪，写了张条幅，为您新居补壁。小字的那张没写好，鲁迅的那张差强人意，以后情绪来了再写一张，达到写好为止。

书，都寄到二中即可。

此请

全家好！

张长弓

6月18日

信写于何时？不详。我对张长弓的书法不陌生，其临池功夫差强人意，强调笔墨情趣，作品格调不高，应属名人字一系。遗憾的是我没有看到张长弓的画，但愿他的画好过书法。据说，内蒙古建立了张长弓纪念馆，此举我非常赞成，张长弓的文学成就我们是不能忘记的。我会找时间去张长弓纪念馆看一看，我相信，在纪念馆里能看到张长弓更多的书画作品。

二○○八年八月

四月十日袁行霈致李易

　　二〇〇六年，中日关系低迷，我与友人策划了中国人大代表、政协委员和日本国会议员书画展，目的是以民间力量，推动中日友好。袁行霈为北京大学教授、诗人、书法家，时任全国人大常委、中央文史馆馆长，是我们重视的征稿对象。袁行霈关心中日关系的改善，对我们的工作也表示支持，不久，他的章草书法条幅，就让中央文史馆文史司司长刘松林转给了我们。他抄录了自己的七绝《自东京乘新干线至仙台访鲁迅故居》："风驰电掣走雷霆，转瞬车飞青叶城。广濑川流环抱处，故居依旧小窗明。"诗作清新，书法沉雅，无疑，是我们展览的一个亮点。

　　举行开幕式，我又想起袁行霈先生。尽管许多中日政要拟定参加，我还是希望袁先生能来国家博物馆剪彩，虽然他担任着中央文史馆馆长之职，我却看重他在学术界和文化界的成就与影响。后来，在刘松林司长的协调下，袁行霈先生同意了我们的请求。二〇〇六年八月二十日上午十点，袁行霈偕夫人来到国家博物馆，我在大门前恭候，并陪同先生参观了展品，然后请他到贵宾室休息。袁行霈身材高大，面容清癯，花白的头发梳理得十分整齐，举手投足，洋溢着学者的儒雅。我想象中的袁行霈就是这副样子。不久，开幕式开始了，袁行霈站在嘉宾的中央，微笑着面对大家，以他特有的形式，祝福着两个国家的和平与友好。

袁行霈的章草文雅、静穆，深得汉魏三昧。然，因其学术工作繁忙，不会去经营自己的书法，火热的书画市场上，很难看到他的书法作品。这封信也是偶然得到的：

李易兄：

唐诗今译选目已分送林先生及陈、倪二位。林先生表示已译过三首，不想再译了。虽经劝说，终未得允。《过故人庄》一诗，只好另请译者。有负重托，歉甚！歉甚！至于命弟及贺者，定当竭力完成，勿念。

购书余款已转交林先生。

专此，顺颂

撰安！

弟袁行霈上

4.10

此信写于一九八五年，时任北京大学中文系教授，谈及了唐诗今译的工作。二十世纪八十年代，我们热衷于翻译古典文学的经典作品，目的是为了普及传统文化，期望更多的人阅读古典的诗文作品。这项工作的初衷是好的，只因"经典"不可译，翻译成白话文的"经典"自然失去了原有的魅力。至少，我是不爱看那些古典诗文的翻译作品。

袁行霈，一九三六年四月出生于山东济南，原籍江苏武进。一九五三年考入北京大学中文系，一九五七年毕业后留校任教，从此开始了教学与科研生涯。一九五七年至一九六六年，袁行霈在北大讲授中国文学史，结合备课系统读书和撰写论文。同时，他跟随导师林庚先生一起主编了《魏晋南北朝文学史参考资料》。其间，他多次下乡、下厂、下煤矿劳动锻炼。"文革"中他下放"五七干校"劳动，回北大后，参加了集体编写《中国小说史》的工作。同时，他独自撰写了《山海经初探》《汉书艺文志小说家考辨》《魏晋玄学中的言意之辨与中国古代文艺理论》等论文。

二〇〇八年八月

赵朴初：《先后三次辱书札》

钱锺书：《奉教甚慰札》

化四生活的怀念等题中发内若干

栗地·现领诸昆提升·尚仍其

意义·功莫大焉·

劳诵旧作《八一·过天子山瞻贺龙

之帅雕像》绝句两首（另纸）之语

病已·尝些敬妳

麦祺·

顾骧
己丑书

顾骧手札（一）

瑞田学弟：

阁下与舜皆先生之力倡书法手札艺术，甚喜慰。承为钦佩。其眼光与识见非凡。吾辈结束从廿多年来我与远方友人书信，概以宣纸、毛笔直竖、繁体，用朱印钤盖之，所以如此，完全是出于对中国传统文化

顾骧手札（二）

谈

札

记

笺纸的温度

一

浣花溪上如花客，绿暗红藏人不识。
留得溪头瑟瑟波，泼成纸上猩猩色。
手把金刀擘彩云，有时剪破秋天碧。
不使红霓段段飞，一时驱上丹霞壁。
蜀客才多染不供，卓文醉后开无力。
孔雀衔来向日飞，翩翩压折黄金翼。
我有歌诗一千首，磨砻山岳罗星斗。
开卷长疑雷电惊，挥毫只怕龙蛇走。
班班布在时人口，满袖松花都未有。
人间无处买烟霞，须知得自神仙手。
也知价重连城璧，一纸万金犹不惜。
薛涛昨夜梦中来，殷勤劝向君边觅。

　　这首诗是韦庄的《乞彩笺歌》。读了多少次已无从计算，但我记得读时的感受。一首有色彩的诗，如同一支画笔，引领我的目光穿越到一千多年前的唐朝，彼时的文人风流倜傥，情趣盎然，他们制作彩笺，平面雕版，或者是拱花工艺，以诗意的心情张罗着一段诗意的生活。

　　显然，我们已经不具备《乞彩笺歌》的优雅，非功利的精神追求，一定有一个繁花似锦的时代。显然，我们没有韦庄的运气，轰隆隆的钢铁铿锵，庶几击毁了文人的小日子、小情调、小感受。而小日子、小情调、小感受对一个温馨社会该是何等重要。

　　早年临帖，何以会有《乞彩笺歌》的心态？落后的意识形态，板结的经济结构，单色调的美学观，导致我们只能在肮脏的报纸上写字，黑色的印刷体，与黑色的毛笔字，让我们的眼前混乱、浑浊，无一丝一毫的美感。这时候，我不知道中国历史的深处有一张张奇妙、素洁、雅致、风华的笺纸，即使读《乞彩笺歌》，读薛涛的《十离诗》，也无从理解彩笺为何物。横亘在我与韦庄之间一千多年的时光，不知道是让韦庄腐朽，还是让我浅薄。

　　及长，有了阅读古人手札的兴趣，明清文人的手札，常常依托在一张张图案别致的笺纸上，凝练的行草书，平阙的格式，或微言大义，或家长里短，或贺寿问安，或通报近况，一页两页的笺纸，铺陈着一个朝代、一种人群的现实生活。久而久之，突然悟到，笺纸上的字迹是生活中角色，那么，笺纸则是舞台和布景。对一出戏而言，再好的角色一旦失去舞台和布景，也会大打折扣。

　　终于，我开始注意笺纸了。迟到的注意，至少表明，中国人诗意的心态复活了，中国人追求美的意识觉醒了，中国人对精神的向往更加具体了。

二

二〇〇九年，我与斯舜威先生共同策划"心迹·墨痕：当代作家、学者手札展"。这个展览甫一开幕，便引起热议，其中的焦点问题是，当代人依靠电子计算机文字处理系统，简便而快捷，手札有必要存在吗？书法修养是中国人的重要修养之一，仅有这种修养够吗？音乐、美术、文学、舞蹈、电影、戏剧，不是更有资格介入人们的精神生活吗？

讲的是事情，说的是道理。对我们的指责，耐心听，仔细体会，没有意见。只是在有些功利化的社会里，我们试图建立一个有传统，有格调，有文气，又有知识和文化深度的家园，被如此责难还是不舒服。它说明，我们没有诗意的心情了，内心的空乏与苍白，目的的明确与实际，终于让我们走出童话的世界，从此不再相信梦想。但是，我们没有放弃奋斗的勇气，本来是轻松的精神之旅，问那么多为什么就不对，想好了，就去追求，何乐而不为？从北京出发，然后是东莞，是石家庄，是烟台，是杭州，最后是大连。手札之旅，让我们对手札的源头和成熟，手札的形态与象征，手札的内涵与意义，有了清楚的一瞥。

此后，我迷恋书信与日记。此前，对散文的研读，喜欢那种逻辑明确，条理清楚的叙述。源自西方文体的现当代散文，的确非同寻常。今日与手札的亲近，让我对传统散文的平淡与放达，机锋与情趣，漫不经心或嬉笑怒骂，有了切肤的感受。翁同龢、康有为、梁启超、鲁迅、姚鹓雏、马一浮、俞平伯、叶圣陶、傅雷等人的手札与日记，为我开启了一扇眺望中国文人精神世界的窗口。他们颇多忧患，他们颇多趣味。梁启超的手札，写在他自制的笺纸上，字响调圆，厚意深情。梁启超自制了几种笺纸，无从统计，不过，他所使用的笺纸，有两种极为喜欢。一是"任公封事"，四字集张伯敦碑，印于笺纸中央，沧桑、文雅。"集张伯敦碑"五个楷书小字套红，落于笺纸的左侧，既是说明，也是点缀。这种笺纸，启发很多，我请友人刻"瑞田封事"，用于手札，恰到好处。另一种是"君其爱体素"，五字红色镂空，左侧有楷书说明"饮冰室张迁碑字""写陶句自制笺"。黑墨、行书，在这样的笺纸上飞扬，易见作者的胸襟、思想，以及学养、修行。梁启超的书法是有水准的，看他的手札，会悟出字学之道。

　　姚鹓雏也是我心仪的文人。他是现实主义小说家，笔法酷似吴敬梓、李伯元、吴趼人，对社会予以辛辣讽刺和严肃谴责。遗憾的是，曾连篇累牍在上海报章出现的小说，我们似乎忘记了。近几年，他被人乐道的资本与书法有关。不错，姚鹓雏是旧文化熏陶出来的文人，他那些时尚的小说，说不定是用毛笔创作。最近，我购买了《白蕉墨迹集萃》，其中一册是写给姚鹓雏的手札。白蕉是书法家、诗人，对姚鹓雏的信任凝聚在花笺上。这些精美的花笺，一定是白蕉的最爱，不然，他不会在上面写下作诗的心得和求教的期盼。书法界言必称"二王"，这是对魏晋书风的追忆，白蕉得"二王"真传，其中一点是对笺纸的讲究。

姚鹓雏对笺纸也讲究，这是那个时代的风度。我读过姚鹓雏的一通诗札，笺纸是张大千的大写意荷花，左上角有张大千的两行字："人品谁知花浩荡，文心可比藕玲珑。"显然，这是珍贵的笺纸，不是谁都能用得起的笺纸，这是彼时文人的清玩和教养。与白蕉、邓散木、邵力子、夏承焘、章士钊、潘伯鹰、柳亚子、沈尹默、黄宾虹、乔大壮等人诗友唱和，手札往复，姚鹓雏也给我们留下了宝贵的墨迹。"学问文章之气，郁郁芊芊，发于笔墨之间"的姚鹓雏书法，隽秀、淡雅，诗书相映，予读者极大的艺术享受。难怪我们不提他的小说，专言他的诗词与书法。

三

玩笺纸，玩到情深之处的当属鲁迅。

作为"远逾宋唐，直攀魏晋"，有着深厚传统功力的书法家，鲁迅的书法一直是中国文化的热点。鲁迅留给我们的墨迹中，一通通手札引人注意，也是鲁迅勤力书法的体现。鲁迅致诗荃，集合了鲁迅毛笔书写的功力，笺纸审美的独特，关心青年的情怀。

诗荃，即徐梵澄，生于一九〇九年，卒于二〇〇〇年，原名琥，谱名诗荃，字季海，湖南长沙人。一九四五年底，徐梵澄赴印度参加中印文化交流，先后任教于泰戈尔国际大学和室利阿罗频多学院。一九七八年回国，就职于中国社会科学院世界宗教研究所。徐梵澄是著名的精神哲学家、印度学专家、宗教学家、翻译家、诗人，有十六卷《徐梵澄文集》存世。

鲁迅在一九二八年至一九三〇年的日记中屡次提及徐梵澄。一九二八年九月十三日，鲁迅写道："晴。上午收杨慧修所寄赠之《除夕》一本。午后收大江书店版税泉三百，雪峰交来。得诗桁信。下午得张天翼信。得诗荃信。晚得钦文信，夜复。寄协和信并泉百五十。假柔石泉廿。"一九二九年十月二十五日、十一月三十日、十二月十四日、十二月二十九日，均提到诗荃，要么得诗荃信，要么给诗荃寄信、谈画、寄书。

徐梵澄与鲁迅的关系缘于文章、版画。但，徐梵澄不一定知道，不断给他寄钱购买德国版画的鲁迅先生，一方面对西方版画投去青睐的目光，一方面，他又为笺纸花费了一定的工夫。即便是寄往德国的手札，也是精心选用上好的笺纸书之。彼时，倾心德国哲学的徐梵澄不会理解鲁迅。

读鲁迅日记，看到鲁迅多次提及《北平笺谱》：

《北平笺谱》如此迅速的成为"新董"，真为始料所不及。

《北平笺谱》预告中似应删去数语（稿中以红笔作记），此稿已加入个人之见，另录附奉，乞酌定为荷。

这一月来，我的投稿已被封锁，即无聊之文字，亦在禁忌中，时代进步，讳忌亦随而进步，虽"伪自由"，亦已不准，但，《北平笺谱》序或尚不至"抽毁"如钱谦益之作欤？《仿（访）笺杂记》是极有趣的故事，可以引入谱中。第二次印《笺谱》，如有人接，则为纸店开一利源，亦非无益，盖草创不易，一创成，则被人亦可踵行也。

《北平笺谱》由鲁迅、郑振铎合编，沈尹默题写书名，收有三百三十二幅笺纸，已成为"古董"，更成为文人优美的记忆。

鲁迅提及的《访笺杂记》为郑振铎所作，是《北平笺谱》的后记。此文详细叙述了郑振铎受鲁迅所托，在北平收集笺纸，并联系印制笺谱的事情。语言质朴，细节丰富，行文简练，鲁迅与郑振铎爱惜笺纸之情跃然纸上。

十年前，我在北京琉璃厂购买了鲁迅、郑振铎编辑的《北平笺谱》。当时，对这本特殊的书备感好奇。犀利的鲁迅，尖刻的鲁迅，难道在色彩斑斓或寓意幽深的笺纸上放下了他滚烫的心？十年前我还不算老，满腹浪漫的想法，被一张张笺纸俘获，当时便想，如果在这样的笺纸上写手札，情思必定飞扬，心路一定豁达。一个都不宽容的鲁迅，他接受了温暖的笺纸，深入其中，不肯回头。

鲁迅的兴趣极其广泛，除去文学创作，学术研究，他对版画、汉画像拓片、书法，均有深刻的领悟。他是出于什么原因编辑《北平笺谱》，只要读一读他为《北平笺谱》所写的序言就一清二楚了：

镂像于木，印之素纸，以行远而及众，盖实始于中国。法人伯希和氏从敦煌千佛洞所得佛像印本，论者谓当刊于五代之末，而宋初施以采色，其先于日耳曼最初木刻者，尚几四百年。宋人刻本，则由今所见医书佛典，时有图形；或以辨物，或以起信，图史之体具矣。降至明代，为用愈宏，小说传奇，每作出相，或拙如画沙，或细于擘，亦有画谱，累次套印，文彩绚烂，夺人目睛，是为木刻之盛世。清尚朴学,兼斥纷华,而此道于是凌替。光绪初,吴友如据点石斋,为小说作绣像,以西法印行,全像之书,颇复腾踊,然绣梓遂愈少,仅在新年花纸与日用信笺中,保其残喘而已。及近年,则印绘花纸,且并为西法与俗工所夺,老鼠嫁女与静女拈花之图,皆渺不复见;信笺亦渐失旧型,复无新意,惟日趋于鄙倍。北京夙为文人所聚,颇珍楮墨,遗范未堕,尚存名笺。顾迫于时会,苓落将始,吾修好事,亦多杞忧。于是搜索市廛,拔其尤异,各就原版,印造成书,名之曰《北平笺谱》。于中可见清光绪时纸铺,尚止取明季画谱,或前人小品之相宜者,镂以制笺,聊图悦目;间亦有画工所作,而乏韵致,固无足观。宣统末,林琴南先生山水笺出,似为当代文人特作画笺之始,然未详。及中华民国立,义宁陈君师曾入北京,初为镌铜者作墨合,镇纸画稿,俾其雕镂;既成拓墨,雅趣盎然。不久复廓其技于笺纸,才华蓬勃,笔简意饶,且又顾及刻工省其奏刀之困,而诗笺乃开一新境。盖至是而画师梓人,神志暗会,同力合作,遂越前修矣。稍后有齐白石,吴待秋,陈半丁,王梦白诸君,皆画笺高手,而刻工亦足以副之。辛未以后,始见数人,分画一题,聚以成帙,格新神焕,异乎嘉祥。意者文翰之术将更,则笺素之道随尽;后有作者,必将别辟途径,力求新生;其临睨夫旧乡,当远俟于暇日也。则此虽短书,所识者小,而一时一地,绘画刻镂盛衰之事,颇寓于中;纵非中国木刻史之丰碑,庶几小品艺术之旧苑;亦将为后之览古者所偶涉欤。

千九百三十三年十月三十日鲁迅记

　　鲁迅为《北平笺谱》所写的序言，似乎与鲁迅的其他文章不一样，也就是说，这篇文章文辞绚烂，传统文言陈述了笺纸的身世，清笔淡墨，如一杯新沏的龙井茶，香气扑面。惯于战斗的鲁迅，终于"小资"了一回。

　　陈丹青向来孤傲，有些目中无人。对于鲁迅当然钦佩，对于鲁迅的这篇文章，他说了一段意味深长的话："一份笺谱，配这序言，面子太大了；短短数百字，俨然中国版画史；即于中国版画史，面子也还太大；此后及今，中国的画论或文论，哪里去找这等工整标致的美文？"

　　我喜爱鲁迅的《北平笺谱》序言，不亚于喜欢他的小说和杂文。很长时间了，我用隶书抄写这篇序言，甚至想印一本《张瑞田书鲁迅〈北平笺谱〉序》的书法集。可是，抄写了一遍又一遍，总觉得不到火候，稚嫩的笔调与渊深的语言隔了很长的距离。有一天，我终于明白了，这是差距，这是我与先生不能同时出现的原因。我知趣了，我还算幸运。

　　重新开始吧！把《北平笺谱》当作楷模，自制笺纸。不是喜爱梁启超的"任公封事"嘛？就如法仿制"意水堂封事"，一点一滴地汲取他们的文化养分，一步一步地迈向他们的精神领地。此后，我们不要再说建设什么了，只要把笺纸中历史的沉香嗅一嗅，我们就会知道自己有多浅陋。

二〇一三年三月

俞樾的手札

在浙江美术馆办"字响调圆：龙榆生藏现当代文化名人手札展"，浙江美术馆的设计师独具慧眼，把周作人致龙榆生手札笺纸上的一张图扫描放大，作为展览背板的标志。这份笺纸是俞平伯送给恩师周作人的，笺纸上面书有三个草书"如面谈"，署名曲园。中间是两位互相作揖的高士，温和的目光，安静的表情，诠释着中国传统手札的精神内涵。设计师征询我的意见，我拍案叫绝，我说，此举道出了我们举办手札展的初衷。

手札展也有五通俞平伯的手札，其中一通手札的笺纸印有"曲园"二字和"俞"的方形图章。显然，周作人"得廿一日手书札"和俞平伯的"高城不见暮天长"诗札所使用的笺纸系俞曲园的旧物，曾孙俞平伯的家藏。

俞曲园的笺纸，俞平伯的手札，触动了我再访德清的想法。俞曲园是浙江德清人，德清与杭州仅有四十公里的车程，于是，选择一个响晴的日子驱车往德清凭吊俞曲园。

　　俞曲园即俞樾（一八二一——一九〇七），晚清著名学者、书法家。

　　从书法的角度看俞樾，便看到了他的不凡。他擅长隶书，他留给后人的隶书墨迹与碑刻不计其数。我对隶书有点偏爱，因此，对清人的隶书保有热情，经常阅读，也经常临习。对俞樾的隶书有好感，一是他的隶书整饬、庄严，二是他的身世坎坷，学问渊博。后来我注意手札，我惊异地发现，俞樾的手札特别，文采飞扬，隶书书之，味道奇特。

　　我们见到的手札，均是行草书为之。俞樾不然，把隶书引入手札，给士子文人的文化习惯带来了别样的趣味。

　　这通隶书手札独具匠心，静穆的隶书，委婉的语词，不同颜色的笺纸，陈述了俞樾对晚辈的惦念。文人手札，庶几以行草书书之，言简意赅，笔轻墨淡，言理说情，论人衡文，文墨酣畅。俞樾有创新精神，他的隶书手札，既展现其隶书书写的能力，同时拓展了彼时手札的字体选项和形式体征。

　　作为书法家的俞樾，给我们的印象不同凡响。由书及人，我们又发现，作为读书人，他依然不同凡响。道光三十年，他进士及第。考试过程中，面对"淡烟疏雨落花天"的题目，他以"花落春仍在"回答，深得主考官曾国藩的赏识。这位胸有天下的学者型政治家感叹道："此与'将飞更作回风舞，已落犹成半面妆'相似，他日所至，未可量也。"对于读书人，他的机会来了，有曾国藩的肯定，他的考试成绩由第十九名移至第一名。正如曾国藩所言"未可量也"。

　　俞樾的命运充满戏剧性。第十九名到第一名的变换，是一出戏的序幕，高潮部分，也许是在河南学政的任上"试题割裂经义"被弹劾，削官为民。一百五十年前的中

再啟者　舍袁姪　戴子高茂才　望孫長洲陳

碩甫先生高弟甫二十九續學能文新

自閩中歸被亂以後子然一身過杭州日

孫琴卣同年屬其帶書至滬求

見而伊因附便月先至吳門事因歲晚電

其在廬度歲廿廿先將琴卣所寄書及詆

無寄呈子高寒士以得館為急務祈

俞樾手札（一）

国，给读书人的机会不多。俞樾抓到了机会，遗憾的是，这个机会转瞬即逝。他不得已从体制中退隐，以布衣之身，读书、写字、著述。曾国藩寄予厚望的"未可量也"，本来是修身齐家、治国平天下的"未可量也"，这时候，他只能把"未可量也"放到自己的几案，让诗文，让书法，让学识来证明。命运如此跌宕，是让俞樾沉沦，还是让俞樾飞翔，我的答案是后者。对俞樾，我有敬仰之情。

俞樾是中国读书人另一种浓缩，看久了，看深了，能看出许多门道。书法是认识俞樾的第一道门，通过这道门，我们还会看到他的许多心思。

我读书，目的性不强。读俞樾的《春在堂随笔》，也是觉得这本书需要读。曾临写过他的字，再读读他的文章，挺有意思。我读书看字，往往是读人看人。在俞樾的书法和文章中，总想体会一下他的上下起伏的命运，他的冷热交织的心情。从权力的平台下来，俞樾没有倒下。也许古训"进则兼济天下，退则明哲保身"给了他力量，他漠然离开中原大地，于苏州赁屋读书、写字、著述，打造一个读书人全新的个人生活。也许不适应，但是，这是我们所有读书人需要面对的现实，也是我们可能的抉择。

我清晰记得临写俞樾隶书的时刻。临写汉碑，心情平静。汉碑上的字，就是一种叫作隶书的字体，何人所书，不知道。临习汉碑，是对一种字体的学习，对遥远岁月的礼敬。可是，面对俞樾的隶书，总觉得是与一位熟人的对视对话。一笔一画，会想起俞樾的诗文，甚至还要猜想罢官后的俞樾如何找到回家的路。俞樾，与书法、与文章的关系扑朔迷离。

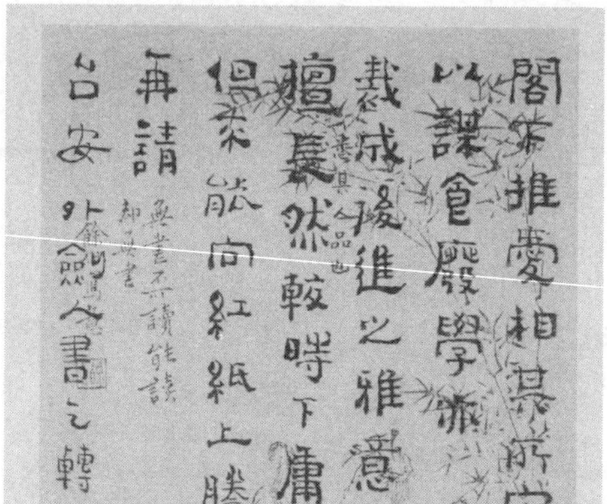

閣下推慶相與莫逆所安為之咄嘘使伊不墜
以謀食廢學派
裁誠援進之雅意也伊于書啟雖非所
擅長然較時下庸俗�湊者或勝一籌可
俱柰皖向紅紙上謄清此其所短耳
再請

台安　外

　　　　俞樾再頓首

俞樾手札（二）

回到民间的俞樾，还原成真正的人。这是俞樾离开官场的最大收获。他敢于讲心里话，哪怕有缺点，也是肺腑之言。比如论学，俞樾认为不管某种观点成立的理由多么不充分，只要能获得至少一条材料的支持，就应该两存其说。他对一个问题可以找到多个答案，他的著作既存在两存其说的情况，也存在据孤证以立异的情况，还存在自我否定的情况。我们可以对俞樾的治学方法提出异议，但是，我们也需要尊重俞樾的判断能力。这毕竟是俞樾的一家之言。

俞樾的书法影响与治学之成就相当。乾嘉考据之学的兴盛，使俞樾的艺术眼光聚焦金石。他的篆隶格调不凡，可以言说，又无法看透。原因多方面，重要一点在于其人生经历的坎坎坷坷，在于其学，在于其坚定的意志。叫书法家的人汗牛充栋，那种见钱眼开、见权屈膝的模样，无论如何写不出清刚雅正的字。尽管堂而皇之地得一点功名，久了，就能看出破绽。那功名，实在轻薄。俞樾戏剧性的人生，有文学思考的介入才好。机遇、命运，选择、抗争，修行、创造，希望、绝望……

俞樾，读不完；俞樾，需要用一生的时间去读；读俞樾，也是读自己。

从"如面谈"到寻访德清，与俞樾的关系加深了一层。也许，历史岁月隐蔽着无数待解的秘密，我计划在莫干山脚下的德清开始一次田野调查，寻味离开我们整整一百年的俞樾的真实。

俞樾先生，不久我们回来，"如面谈"。

二〇一七年六月

笔路即心路

——梁启超的手札与题跋

一

喜欢看民国文人、学人的书法,自然被梁启超迷住。我有一本《梁启超致江庸书札》,置于案头,随时翻阅。这是梁启超担任段祺瑞北洋政府司法总长时写给江庸的手札,或言及公务,或叙私人情感,语畅字清,笺雅墨润,是梁启超书法的代表作品。

手札是一个人修养、品质的体现,是一个人思想、感情的表达。对手札的阅读,会让我发现隐于历史暗处的人性光辉和游移于社会评价体系之外的精彩事件。在梁启超的手札中,既能感受到梁启超书法的雍容、端庄,也会在文辞里看到梁启超的世俗生活,选择或拒绝,入世与出世,读书与问学,参政与做人,均会开阔我们的眼界,启发我们的心智。

读久了,读得如醉如痴,就会走到桌案前,打开砚台,倒一些墨，再找一管上好的狼毫笔，静静临写。古人说，取法乎上，仅得乎中；取法乎中，仅得乎下。也就是说，学书法要找一流的字帖临习，王羲之、颜真卿、孙过庭、虞世南、苏东坡、米芾、黄庭坚等人都行，唯独不能写同时代人的，更不能临写非专业书法家的字。此说不无道理，但是，在我的眼睛里，梁启超就是一流的书法家，他的墨迹是值得临习的。

我看字，有我的标准。对王羲之、颜真卿、苏东坡，对石鼓文、《石门颂》《西峡颂》《张迁碑》《曹全碑》《礼器碑》我当然热爱，只是有时候觉得他们离我很远，临写的时候，找不到与古人会心的时刻。慢慢运行的笔，会因为空寂，产生疲劳感。一瞬间，眼前的字帖，突然呆板了。

梁启超是可以触摸的古人，他的文章似乎刚刚写完，发表在报刊上，还能嗅到油墨的味道。他的字也是，手札、条幅、对联、手稿，还在我们的生活中频繁出现，它们好像一位分别不久的朋友，仅仅过了一个季节便相逢了。所以，对梁启超的书法备感亲切。因此，我愿意临写梁启超的字，不管别人说什么，依旧坚持。我的理由足够充分，梁启超的字有太多的文化信息，有太多的生命情感，有太多的人生感喟。与其说是在临字，毋宁说是在寻找一种感受和精神。对书法家而言，这种探求，比关注字形、笔画会有更多的收获。

今年秋天，再一次去北京植物园，再一次拜谒梁启超的墓园。转眼到了知天命的年龄，我发现自己对社会的思考，对国家前途的忧患，没有脱离梁启超在一百多年前的

梁启超手札

认知，也就是说，我的眼界依旧在梁启超的眼界之内。我的确平庸，梁启超着实伟大。如此伟大的人，他留给我们的墨迹一定有历史的光芒，艺术的芬芳，熟视无睹怎么能行？

二

是一张笺纸引起了我的注意。对梁启超手札的研读，不能脱离他自制的笺纸，也就是梁启超用来写手札的载体。对中国历史烂熟于心的梁启超，不放过中国历史上任何一个细节。笺纸，是中国文人喜闻乐见的文玩，也是工具。写在上面的文字，既有实用功能，也有审美意义。有趣的是，单单收藏一张笺纸也是风雅之事，如能得到文人的手札，则是值得骄傲的收获了。一张笺纸，牵动着中国文人细腻的内心。

梁启超自制了许多种笺纸，他集汉碑、魏碑字体印于笺纸一端，"饮冰室用笺""启超封事""集张伯敦碑"，诠释着梁启超的文化趣味。他奇崛的字，书卷气浓郁的字，或楷或草的字写在上面，写出了一个时代的酸甜苦辣，写出了一位有抱负的政治家、学者、文人的广度和深度。

梁启超余事做书家。众所周知，梁启超是现代中国改良主义的代表人物。一八九八年戊戌变法，梁启超与他的业师康有为成为改变社会进程的中坚力量，轰轰烈烈的改良，最终以悲剧结尾。但是，十九世纪末的那一场变革，的确给中国人带来了希望。事与愿违，康梁失败了，他们远走他乡，依旧鼓吹变革。他们希望的改良化为泡影，直到一九一一年的辛亥革命,他们亲眼看见了一个王朝的灭亡。

国家不幸诗家幸。在日本逃亡的梁启超一方面参与政治活动,一方面于书斋问学写字。一八九八年,登上日本岛的梁启超开始检视随身携带的碑帖。看着这些布满岁月烟尘的碑帖,梁启超的心情不能平静,他知道,在日本,自己将和它们厮守,它们会缓解自己的思乡之情,会巩固自己对中华文明的记忆。他想起十三岁时在广州越秀山三君祠所见到的一副魏碑楹联,那是陶濬宣(字云心,号稷山,浙江会稽人,同光年间,其魏碑体字,深得书界称道)写的,结体整饬,线条刚劲,气息古朴,如同一个迷路的孩子,突然找到了方向。梁启超看着这副对联,书写的兴趣油然而生。

一八九〇年,十八岁的梁启超来到康有为创办的万木草堂,他接受康有为的教导。在孜孜以求经世之学的空隙,梁启超不忘向康有为讨教书法问题。于书法,康有为可谓专家,他的《广艺舟双楫》梁启超已经拜读,对先生的书法观念深信不疑。

眼下,业师康有为不知去向,他在日本也是茫然四顾。何年才能回到祖国?他也不知道。好吧,读书吧!写字吧!对于读书人,不应该有荒凉的时间。

梁启超在日本,一住就是十余年。一九一〇年,梁启超所写的《双涛阁日记》,记载了他羁居日本时读书、写作和临写碑帖的情况。细腻的广东新会人,似乎格外看重自己的砚边生涯,他仔仔细细地记下了每一天的写字过程,临写什么碑帖,临写了多少,感觉是什么,一一记录。他对《张猛龙碑》喜爱有加，临写了数十遍。一九一一年九月，他看到自己一份满意的临本，在尾端写了一段题跋："居日本十四年，咄咄无俚，庚戌辛亥间，颇复驰情柔翰，遍临群碑，所作殆成一囊。今兹乌头报白，竟言归矣。世务方殷，度不复有闲情暇日以从事雕虫之技，辄拨万冗，写成兹卷，其末四纸，则濒行前一夕醉后之作也。"

一九一二年，梁启超回国。让他欣慰的是，他所熟悉的清朝帝国崩溃了，这是他早已预料到的。眼下是中华民国，是一个百废待兴的新国家，自己会有什么作为，他也不知道。

不管在民国的梁启超有什么样的机遇和感想，他没有放弃治学、写字。一九一八年，曾在中华民国政府担任要职的梁启超告别政坛，回到书斋，开始了他最后的人生十年，也是颇有文化光彩的十年。这十年，书法一直是他的最爱。

三

冀亚平等人编写的梁启超所藏金石拓本目录引起了我注意，这份目录列举了梁启超一生收藏的历代金石拓本一千二百八十四件：商代碑刻五件、周代十四件、秦代四件、西汉十三件、东汉一百二十五件、三国十三件、西晋五件、东晋九件、十六国三件、南朝十七件、北朝四百三十四件、隋代九十三件、唐代三百九十三件、五代十国七件、北宋二十六件、南宋十八件、辽国一件、金国五件、西夏国一件、元代三件、明代五件、清代七十三件、民国四件、无纪年六件。

金石拓本涵盖金文、小篆、大篆、汉隶、魏楷、唐楷等书体，形制有钟鼎、碑石、墓志、造像、摩崖、刻石，这是梁启超累年积存，或购买，或友朋赠送。

在广州寻访万木草堂的时候，我想起这份目录，当时我推断，梁启超大规模收藏金石拓本，一是历史研究的需要，一是书法艺术魅力的感染。我们没有能力从这些拓本中读出历史深处的政治风雨、战争缘由，以及天灾地祸、冷暖人情，毕竟是遥远的书写与镌刻，毕竟被寒风苦雨吹打得斑斑驳驳，依稀可见的文字，还有不明语意的异体字，还有断痕，需要什么样的学问能够读懂？读懂了又有什么意义？

梁启超能读懂，也能读出意义，这是我们与梁启超的距离。

梁启超不仅仅读懂了，他还要厘清书写的规律，对一位书法家而言，不能放过金石拓本所蕴含的审美力量，这样的力量，是每一个中国人不能漠视的。

梁启超不断地临写，不断地在拓本上写下自己感受，不知不觉间，他写在拓本上的语言和墨迹，就让我们看到了政治家、思想家、历史学家之外的才情，这是书法家、书法理论家的智慧与技能。

我向来看重手札和题跋。文人学者，于手札、题跋中所表达和阐扬的各种观点，是需要关心的，其中率性而为的赞扬、恼怒，信口开河的臧否、激动，只要细细思忖，则会发现一个丰富的内心世界，这个世界真情弥漫，空气透明。

梁启超的拓本题跋，当然不仅仅如此，还有理性精

梁启超题跋

神，还有美学判断，还有指谬勘误。在《北魏鞠彦云墓志》的拓本上，他写道："龙门造像多出寻常百姓手，非书家之出，谓其别有风味，取备一格则可，谓必如此然后高古，非笃论矣。此志亦然，如山肴野蔌，虽亦悦口，终不足比思伯、猛龙之鼎烹也。"

梁启超的业师康有为抑帖扬碑，在他的眼睛里，平民书法家所书的北魏碑刻墓志，有着纯粹的乡野之美，是文人士大夫手泽所缺乏的质朴和单纯，因此，以推动社会变革为己任的康有为，发出了一股清新的声音。开始，我被康有为的宏论陶醉，我也相信没有被雕琢的玉才是好玉，就如同没有被文献记载下来的书写北魏碑刻墓志的书法家是伟大的书法家一样。是梁启超告诉我，这样看是片面的，是对书法史的误解，也是对康有为的不了解。康有为之论，有政治倾向，学术思想一旦被政治倾向左右，自然需要警惕。"山肴野蔌，虽亦悦口，终不足比思伯、猛龙之鼎烹也。"的确，经典有经典的理由，经典有经典的特征，经典有经典的生命。

四

梁启超因肾病开始接受治疗。一九二三年四至六月间，梁启超在北京西郊翠微山秘魔岩养病，每天清晨，梁启超会亲自推开轩窗，让山气徐徐飘入。饮茶、用餐之后，他就在案头翻开一本喜爱的碑帖，一笔笔地临写。他的字写得足够好了，他还要临帖，后来我有了结论，中国文人不间断地临帖，以一生的时间临帖，是有宗教情怀的。正如同他于一九二五年，在《张寿残碑》题跋中写道："此碑丰容而有骨，遒劲而流媚，与我笔路最近，今后拟多临之。"

笔路即心路。

一九二六年三月，梁启超入住北京协和医院，等待手术。三月十日，也就是手术之前，他在给孩子们的手札中幽默地写道："我这封信写得最有趣的是坐在病床上用医院吃饭用的盘子当桌子写的。我发明这项工具，过几天可以在床上临帖了。"

学贯中西的梁启超，在这种时候还是放不下书法。手术是糟糕的，误诊加速了梁启超的死亡。可是，梁启超依旧乐观，他说，只要能为科学做贡献，死又如何？

一九二六年秋，梁启超拖着沉重的身体，饶有兴趣地为清华学校教职员书法研究会做了一次书法演讲。他说："今天很高兴，能够在许多同事所发起的书法研究会上，讨论这个题目。我自己写得不好，但是对于书法，很有趣味。多年以来，每天不断的，多少总要写点，尤其是病后医生叫我不要用心，所以写字的时候，比从前格外多。今天这个题目，正好投我的脾味，自己乐得来讲讲。"

梁启超谙熟国学，对西方文化也不陌生。在这次演讲中，他结合自己的学术研究和临帖实践，阐明了书法现代美学思想，引起人们的广泛关注，被称为中国现代书法研究的一次超越。

学生周传儒记下了梁启超的演讲，同年，以《书法指导》为题，刊于《清华周刊》第三九二期，后收入《饮冰室合集·专集》一〇二卷。

二〇一三年八月

读沙孟海青年时代的四通手札

　　沙孟海擅手札，青年时代就有声名。一九二六年十一月二十八日沙孟海致朱赞卿的手札中说道："……昨由文明书局送来当代名人尺牍两册，选及弟去年与足下一书及答道希画录木师，简牍尤多。所谓当代名人，其名甚套荼浅，如弟复何敢当此。书肆中尚未有发售，异日当购一部奉赠也……"沙孟海对于自己的手札收入《当代名人尺牍》一书略表谦逊，但，不无得意之情，不然，他不会表示要购买一部奉赠朱赞卿也。

　　沙孟海是中国现当代最具特色的文人化、学者型的书法家，学识渊博，人格伟岸。马国权说："孟海先生原名文若，以字行；别署石荒、沙村、兰沙、决明。一九〇〇年六月出生于浙江鄞县。早年从冯君木先生学诗古文辞，随吴昌硕先生习书法篆刻，同时自学文字、金石之学。与前辈学者况蕙风、朱彊村、章太炎、马一浮先生等，多所过从，请益探讨。三十岁前后任中山大学预科国文教授。

別宥老兄足下 到申行將兩月炎暑方熾弟

已出儲胲率諸弟貨屋滬西樓屋數楹有

樹多蔭飢食他嬉以清長夏賓朋希至鬻

塵隔經終歲荒荒蔣此日以息肩老兄當有

我弟冠而慶喜也本師假母猶為社中戸日

仰及仲呈以同版事暑假肉点須一次惟日期

未能定身 叶由多派書局送本當代名人尺

牘姗冊選及弟去年与足下一書及荅遼希

沙孟海致朱贊卿手札（一）

沙孟海致朱赞卿手札（二）

一度从政。新中国成立后，历任浙江大学中文系教授、浙江省文物管理委员会常务委员、浙江省博物馆历史部主任、中国书法家协会副主席。现任浙江美术学院教授、浙江省博物馆名誉院长、西泠印社社长、中国书法家协会名誉理事兼浙江分会主席。学问渊博。成就是多方面的。即以书法篆刻而言，书法兼精篆隶真行草诸体，沉雄茂密，俊朗多姿，以气势磅礴见称，世有定评；尤以题榜大字最为人所激赏，江南及各地胜景，多有题迹。篆刻不多作，然博综古今，朴拙而富有韵致，允推大家。"

一九九二年，沙孟海离开了我们，倏忽十八年。值得我们深思的是，离开我们的沙孟海没有因为远离了权力中心或话语中心就变得寂寥了，相反，他以"沉雄茂密，俊朗多姿"的书法，以博大精深、缜密细致的学识，以曲折、坎坷的人生经历，让我们一直缅怀，一直追忆，一直探求。因此，离开我们的沙孟海永远活在我们的记忆深处。

从书法艺术的角度观照沙孟海，我们自然发现，沙孟海进入书坛之前准备充分，不管是伏案临池，还是文史积累，均达到了一位文人、学者书法家的高标准。恰是这样的高标准，沙孟海从青年时代，直至暮年，始终显得与众不同。本文试图从沙孟海青年时代的四通手札入手，初步探讨沙孟海书法的文化意义。

魏晋时期，纸质尺牍开始流行。对传统书法的考察，我们愿意把欣赏和钦服的目光停留在"二王"的尺牍，于是，魏晋以后的书论自然视"二王"书法为中心了。对于手札的实用功能和审美意义，彭砺志先生说："在古代，尺牍是人们话语交流的书面形式和信息传达的重要媒介，它综合反映了不同时代的政治制度、礼仪规范、交际关系以及审美方式。汉魏以降，工尺牍、善书翰被视为世族士人立身的艺能，尺牍也以其书法之美成为世人宝爱藏之的对象，并催生出魏晋书法灿烂之观，蔚为后世帖学的渊薮。同时，不同时代的社会文化和书仪规范在客观上又成就了尺牍大小错落、长短参差和虚实相映等复杂多变的形式美感。书疏当面，迹乃含情，人们赏悦尺牍，正是综合了形式与内容两方面的因素。"

显然，手札对书法家，尤其是文人型、学者化的书法家构成巨大的文化诱惑。

沙孟海与当代著名书法家有许多不同之处，首先，他以文化的智慧把握书法，其毛笔书写，基于自身文化的表述，而不是将书法看成简单的技艺呈现；另外，沙孟海一专多能，其书法自有历史根基，亦有学问熏陶，高古而凝重；第三，作为学者的沙孟海，用毛笔写下了大量手札、文稿，这些随性而书的文字，一方面是沙孟海学术研究的成果，一方面是沙孟海书法艺术的客观表现。

沙孟海写于二十世纪二十年代的四通手札，让我们对青年沙孟海的书法研习和书法创作有了新的了解，对于研究沙孟海一生的书法创作更有裨益。

《与谢镇涛书》，是沙孟海写于一九二〇年的手札。这一年沙孟海年仅二十岁。此通手札系行楷书，用笔谨严，书写自如，有多处涂抹、插行，文通字顺，书卷气浓郁。书法胎息"二王"，文气郁勃，英姿飒爽。显然出自青年才俊之手。此手札系沙孟海对谢振涛提出"古人命字之法"问题的回答，在娓娓道来中，我们感受到沙孟海对古典文献的熟知，他列举春秋、汉唐、宋明时期的名人，阐明"古人命字之法"的规律和特点。说古论今，强调："近世命字，多失古意，汶汶冥冥，与号相混，虽巨儒名师，亦漫不加省。以章实斋之博洽，都自以斋为字，其他则又何说。恶紫之夺朱也，恶郑声之乱雅乐也，凡某山、某湖、某斋、某庐字而类号者，皆吾党所不敢苟同也。"

写《与谢镇涛书》的沙孟海二十岁，唯论书法，沙孟海也是青年中的翘楚；再品内容，我们自然会被沙孟海老到的文笔和条理清晰的阐述折服。

如果说二十岁的沙孟海写字小心谨慎，那么，三年后的沙孟海就从容多了。《与吴公阜书》是沙孟海写于一九二三年的手札，依笔者看来，这是沙孟海青年时代的代表作，甚至也是沙孟海书法创作生涯的代表作。从一九二〇年到一九二三年，沙孟海又临习了哪些碑帖，尚无从考据，不过，比较《与谢镇涛书》和《与吴公阜书》，不难推断，沙孟海于行草书用功甚勤，对魏晋书翰心追手摹，渐入佳境。此札舒朗隽永，神采飞扬，意新语俊，格调高雅，字里行间洋溢着作者耀眼的才华，独特的识见。一九八〇年，沙孟海在《我的学书经历和体会》一文中回顾了自己的学书经历："我早年'彷徨寻索'的过程是这样的：十四岁父亲去世，遗书中有一本有正书局新出版影印本《集王书圣教序》，我最爱好，经常临写。乡先辈梅赧翁先生（调鼎）写王字最出名，书法界推为清代第一。我在宁波看到他墨迹不少，对我学习《王圣教》，运笔结体各方面都有启发。只因我笔力软弱，学了五六年，一无进展，

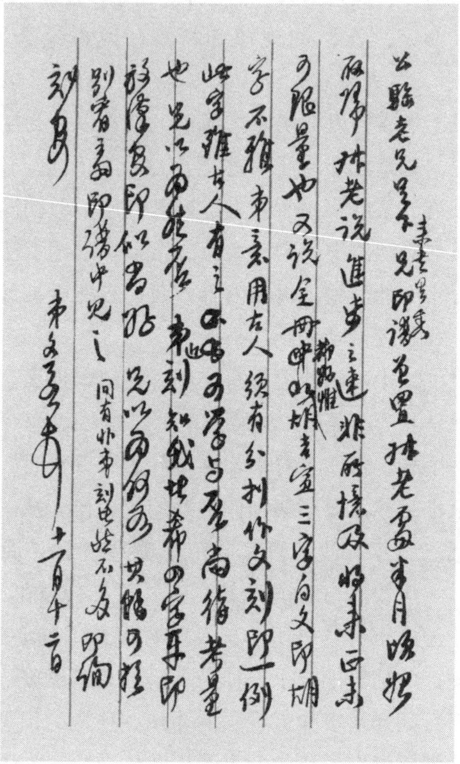

沙孟海致吴公阜手札

未免心灰意懒。"

尽管沙孟海认为自己"学了五六年,一无进展",事实上,他已基本把握了《王圣教》的意韵,可以借助《王圣教》的翅膀,在书法艺术的天空中优美地飞翔了。

沙孟海认为,书法不能游离于学问之外,书法家首先是一名学问家。在沙孟海看来,"书法为了表现宇宙生命和人生的理想,必然要把自然和人生之美反映到书法中来,因此它奠定了中国书法审美的三大特征:一是崇尚天地的自然化审美;二是崇尚学问的人格化审美;三是崇尚道德的伦理化审美"(《与吴公阜书》)。沙孟海谈到一个具有现实意义的问题,即,古人的东西需要分析,古人的字不都是具有学习价值的,对泥古者当头棒喝:"兄印谱曾置叔老处半月,顷始取归。叔老说进步之速非所忆及,将来正未可限量也。又说全册都好,惟胡吉宣三字白文印,胡字不雅。弟意用古人须有分刌,作文刻印一例,此字虽古人有之,可学与否,尚待考量也。兄以为然否?"

手札是一个人心性的表露,也是一个人思想的呈现。也许一个不经意的看法和一个即兴的判断,便具有理论的价值。

一九三○年一月,沙孟海在广州所写的《与朱赞卿书》,叙述了自己在岭南的生活和交游。据《沙孟海年表》记载,沙孟海于一九二九年与包稚颐结婚,同年七月,应广州中山大学邀请,赴广州担任中山大学预科国文教授。《与朱赞卿书》,首先谈了自己对友朋的关心,如对吴公阜、朱赞卿的惦念:"公阜病未愈,亦殊可念。兄事有无消息?结束否?倘仍杳然,不日锡邑南来,为学校事当托,可又

面促之"。第二，沙孟海陈述了自己在广州工作、生活的状
况："南方生活程度并不高，弟用途之省，约为往时在沪在
杭所未有。顾历年家庭经济亏耗太巨，补助不遑，家母又
衰。病忧苦，弟为娱亲计，只将辛苦所入先行寄家。"第三，
沙孟海提及了与南社社员蔡哲夫的交谊："近日与蔡哲夫相
识，即送两巨石来，属为其夫人谈月色女士制印，并允以谈
画梅为报……蔡哲夫日前发起展览会，书画不过如此。此外
古物甚多，兹将该会特刊寄上半张，此乃十分之二也。"

　　一九三一年五月，沙孟海转至南京中央大学任秘书，
结束了在中山大学的教授工作。因此，一九三〇年《与朱
赞卿书》一札，是考据沙孟海在广州交游的重要史料。

　　此札的书法价值极大。三十而立，沙孟海享誉书坛、
印坛、学界有年，这一时期的书法作品日臻成熟，个人风
格已见端倪。对《王圣教》一往情深的沙孟海，早已不满
足对帖系的浸淫，为实现高远辽阔的艺术理想，他开始探
寻新的艺术之路。他曾说："我的'转益多师'，还自己定
出一个办法，即学习某一种碑帖，还同时'穷源竟流'，
兼学有关的碑帖与墨迹。什么叫穷源？要看出这一碑帖体
式从哪里出来，作者用怎样方法学习古人，吸取精华？什
么叫竟流？要找寻这一碑帖给予后来的影响如何？哪一家
继承得最好？举例来说：钟繇书法，嫡传是王羲之，后来
王体风行，人们看不到钟的真帖，一般只把传世钟帖行笔
结字与王羲之不同之处算作钟字特点。"

　　"转益多师""穷源竟流"，印证了沙孟海探寻书法艺
术堂奥的哲学思考。

　　《与朱赞卿书》系行草书，魏晋印迹，兼杂北碑笔意，

同时汲取黄道周奇崛的结字特征，收放自如，线条生动。作者陈情述事，情感起伏跌宕，笔随心动，字响调圆。此札与沙孟海晚年雄厚浑穆、苍劲挺拔的书风紧密相连，勾勒出沙孟海一以贯之的审美思想。

一九三二年《与王个簃书》也是沙孟海的代表作之一。一九二六年，沙孟海与王个簃相识，同年，拜吴昌硕为师，与王个簃同门。《与王个簃书》谈生活琐事，草书，平阙，形式感强。古今手札作品长短不一的行款形式古代称之为"平阙"。此形制全面形成始于唐代。作为现当代杰出的书法家、考古学家、鉴定家，沙孟海对手札的历史演变非常清楚，自己写手札，基本采取传统方法。《与王个簃书》："两语删去较为庄重尊见何若乞裁酌为幸"，从"裁酌为幸"另行提行。此札书法劲朗，气韵贯通，时露偏锋，笔意沉实。可谓现当代手札作品中的精品。

士大夫都十分注重书札往还的书法。谢安一向善于作尺牍书，而轻视王献之的书法。有一次，王献之作佳书给谢安，以为他一定会保存，而谢安却随即在后面题了几句退还了，献之深为遗憾。沙孟海也十分看重自己的手札，不然，他不会在与朱赞卿的手札中津津乐道自己的手札编入《当代名人尺牍》集。一位读懂古今的智者，他当然清楚自己的历史处境和文化追求。

二〇一〇年九月

史学价值与书法意义

——龙榆生藏文化名人手札撮谈

龙榆生，名沐勋，晚年以字行，号忍寒、箨公。一九〇二年四月二十六日出生于江西万载，一九六六年十一月十八日病逝于上海。系当代著名学者、词人。其词学研究成绩与夏承焘、唐圭璋并称。

著名学者、龙榆生研究专家张晖对龙榆生的学术生涯予以概括，第一，学养深厚；第二，整体意识；第三，知行结合。词学有着极强的专业属性，但治词学就不能仅限于词学本身。龙榆生在词学研究领域的突破，端赖于他对传统国学的熟知和探讨。因此，张晖说，治词如果就词言词，难免只知其一，不知其二。另外，词学是一个有机整体，学者可以专攻一个方面，也不能有太大的偏废。龙榆生的词学研究，包括词谱、词律、词调，又触及词史、词学批评、词学文献等。龙榆生的另一个亮点是诗词创作。他留给我们一千多首（阕）诗词作品，语言典雅，意境宏阔，思虑深挚，是现当代诗词创作的重要成果。

龙榆生正值学者的黄金时代，却在"文革"的血雨腥风中辞世，是极大的遗憾。他交友广泛，得益于自己的早慧。龙榆生少年时代的作文，得到北大国文系教授黄侃的好评，计划推荐龙榆生进入北大学习。后来黄侃到武汉教书，龙榆生去旁听，还到黄侃家做家教。这段时间留给龙榆生的回忆十分美好，他写道："我在过二十岁生日的那一天，正是暮春天气。悄悄的一个人，跑到黄鹤楼上，泡了一壶清茶，望着黄流滚滚的长江，隔着人烟稠密的汉阳汉口，风帆如织，烟树低迷，不觉胸襟为之开展，慨然有澄清之志。"

不久，龙榆生到上海，拜朱彊村为师，专事词学研究。这个选择，与黄侃有直接关系。

朱彊村（一八五七——一九三一），浙江归安人。原名祖谋，字古微，又号彊村。光绪九年进士，历任礼部侍郎，广东学政。著有《彊村丛书》《彊村语业》等。对朱彊村，龙榆生写下一段朴素且炽热的文字："彊村先生是清末词坛领袖，用了三四十年的工夫，校勘了唐宋元人的词集，至一百八十几之富，刻成了一部伟大的《彊村丛书》。……我总是趁着星期之暇，跑到他的上海寓所里，去向他求教，有时替他代任校勘之役，俨然自家弟子一般。……在他老先生临没的那一年，恰值'九一八'事变。他在病中，拉我同到石路口一家杭州小馆子叫知味观的，吃了一顿便饭，说了许多伤心语。后来他在病榻，又把他平常用惯的朱墨二砚传给我，叫我继续他那未了的校词之业。并且托夏映庵先生替我画了一幅《上彊村授砚图》，他还亲眼看到。"

这是龙榆生的生活方式，也是学习方式和治学方式。龙榆生不是院校培养出来的学术大家，能够独树一帜的理由，一是学问、文化兴趣，二是严谨的学风，孜孜以求的精神，三是四方游历，广泛交友。中国式的问学、治学之路，本身就是一道靓丽的人文风景。与龙榆生手札往来的文化名流，龙榆生藏现当代文化名人的手札，可以笺证。

"字响调圆：龙榆生藏现当代文化名人手札展"陈列的手札，是龙榆生教学、研究、编辑、写作过程中，与彼时硕学通儒之士的往来信函，讨论社会问题，交流吟诵诗词之道，切磋读书体会，言述离别思念之情。古雅或简逸的书法，沉郁或诙谐的文辞，描绘出中国传统文人之间的往来图景。在学问中沉潜，在诗词中言志，以手札为载体，以诗笺为纽带，维系着中国传统知识分子的精神信念和文化趣味。皓首穷经的优越感，修齐治平的人生抱负，点点滴滴写在自制的信笺上，随着信笺寄出的，还有认真抄录的诗词作品，要么独吟，要么唱和，抑扬的曲调，起伏的平仄，忧伤，忧患，体现心声，展现价值。

龙榆生炽热的生命止于一九六六年，是他的不幸。然而，自清末，经民国，与那么多一流的文人学士结交，看到了真实的学问和刚正的人格，应该说，他有他的幸运。陈三立、张元济、叶恭绰、陈寅恪、马一浮、谢无量、郭沫若、周作人、俞平伯、黄宾虹、赵朴初、沈尹默、钱锺书、徐悲鸿、夏承焘、丰子恺等，是文化高原上的高峰。这是一个历史阶段的文化高峰，是无法替代，也难以接近的高峰。作为一个时代的文化标志，龙榆生与他们比肩共处，他在他们的生命光彩中，感受到中国文化的重量。手

中國科學院

榆生先生：

大示及詩三首已拜領。

曾討論頗深刻，但讀後如

念涌動畫，乃必先作依式

将調而圖乎，

必為先詞，乃是順乎。

謝謝！

郭沫若 八首

電報掛號：中交 二六五六
英交 SINACADEMY

地址：北京文津街三號

郭沫若致龙榆生手札

札往还，寒来暑去，一年年，他们把自己的生命履历印在
笺纸上。纸寿千年，一代文化精英的感叹与追求，在我们
共处的空间里，依然沉实。

传统手札不同于现代信函。前者有复合型意义，后者
的功能相对单一。既然存在着复合型意义，那么，对手札
的认识与理解，就有社会属性，就有文化内涵。手札，也
称书札、尺牍，等等，五花八门的称谓，预示着手札外延
的宽阔性和多义性。民国时期的教育，设有"尺牍"科
目，这堂课有尺牍结构分析，尺牍写作训练，还有对尺牍
作品的学习。中国的优秀文章，许多是以尺牍形式写成
的，也许一挥而就，也许精心构思；也许书文一体，也许
有文无书。

承载学界、词坛盛名的龙榆生，以手札与那一时代的
同人联系，延续着一个绵长而坚硬的传统。学士、文人，
与士大夫的身份转换，丰富了社会文化信息，因此，手札
往复，陈述的不仅是私谊，也是一个阶层，一种眼光的认
知。陈三立手札，有战争气息，日寇侵略上海的忧愤，清
晰可感。叶恭绰关心词学研究，深厚的诗书修养，自然惦
记龙榆生的命运。丰子恺在《光明日报》看到论述词学的
文章，嗅到了什么？他寄给龙榆生的剪报，是宽慰，还是
寄托？马一浮与龙榆生切磋古典文学，兴致勃勃，其间的
信息，透露了文化精英不悔的理想。陈寅恪的冷寂与闲
雅，难以排解的冲突，复杂的心绪，可触可摸。黄宾虹谈
画，依旧不忘诗文，驰骋宣纸上的画笔，能够听到诸子百
家的言语。钱锺书把心里话放在诗中，然而，*丝丝冷意*，
于字里行间隐现："忍寒仁丈吟儿：岁不尽三日，始返京

师，居乡二月，稍识稼穑艰难，向来真梦梦也。奉手教并新词，言旨凄苦，不能卒读。古语云：'能忍自安。'晚生平服此药，颇得其效。便以奉戏小诗一首，录请吟正，专肃即颂。道安！教晚　锺书再拜　十七日。"

"能忍自安"，这是必服之药吗？钱锺书服了，"颇得其效"，真是冷幽默。

周作人与龙榆生的手札近百通，足见他们的交情之长，感情之深。相似的人生经历，感慨万千的人生选择，让他们几近窒息。的确是遗憾，但必须面对。经历风雨，心向光明，就有了新生。周作人、龙榆生的往来手札，不经意间，会翻开历史的陈页，能看见谜团，认识复杂的人性与人情。

龙榆生进入了历史，与他手札往来的人也先后进入了历史。阅读这批手札，一段历史风云，一段悲欢离合，就在眼前了。

传统学士、文人，都有一副好笔墨。龙榆生藏现当代文化名人手札的作者，是理性缜密的饱学之士，更是名闻遐迩的书法家。叶公绰、谢无量、郭沫若、马一浮、沙孟海、沈尹默、黄宾虹、赵朴初、徐悲鸿等，可以当之无愧地进入中国现当代著名书法家的行列。甚至可以这样说，他们留下的手札，也是现当代的优秀书法作品。龙榆生对师友们的双重文化身份十分了解，他受朋友之托，向他们求字。沈尹默与龙榆生的手札言简意赅："嘱写'南京工学院'五字，写就寄奉，即请费神转致为荷。榆生先生。尹默。"有着魏晋书法品质的沈尹默手札，形神兼备。沈尹默与龙榆生另一通手札，映衬了他们的往昔生活："榆

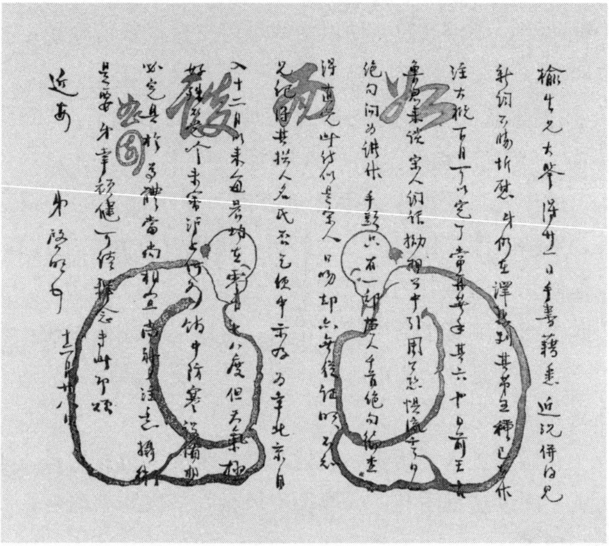

周作人手札

生先生左右：嘱题湖帆画幅，勉强凑成五言四句，塞责而已，勿怪为幸。毛主席书《沁园春词》影片两纸奉还，目入为荷，专上即颂，撰安。　尹默再拜　三月十日。"

龙榆生治学、填词之余，也有丹青之爱，他笔下的翠竹，意气风发，摇曳多姿。他与恩师朱彊村的关系，触动了徐悲鸿、吴湖帆的画笔，他们先后画了《上彊村授砚图》，予龙榆生解念师之情。钱锺书、陈寅恪、叶圣陶、俞平伯等人，是学界文坛的显赫人物，著作等身，手泽墨迹鲜见。他们与龙榆生交情甚笃，长年累月留下大量手札，是研习他们书法的重要依据。

书法趣味，即文化趣味；文化趣味，自然会有责任感。在沙孟海的手札中，我们看到龙榆生对朱彊村先生的思念。沙孟海是文博专家，学问渊深，书法精湛。谢无量的书法收放自如，张弛有度、放达，用笔简练洒脱，不拘小节，甚至被许多人误解。当代书法审美观念的深化，突然在谢无量的书法中发现了书法艺术的新天地，因此，谢无量书法的简约、自如，以及笔墨内部的精神力量，得到隆重拥趸。他与龙榆生手札往复时间悠长，数量亦多。翰墨锋颖，论文私语，情真意切，真知灼见，发人深省。谢无量与龙榆生手札，第一次与读者见面，即感受到谢无量一以贯之的书风，也发现谢无量与友朋书时的愉快心情和神来之笔。赵朴初诗书兼擅，高山仰止。一九六三年二月，赵朴初奉和龙榆生词，有着丰富的人生况味："君是词源疏凿手，我愧空疏，绳墨初无有。梦起惊天闻众吼，解珠不自嫌衣垢。　何日禅关参个透？面对芸芸，不向恒河皱。莫道丹青泥不受，凭君画出江山秀。"以神性的

谢无量致龙榆生手札

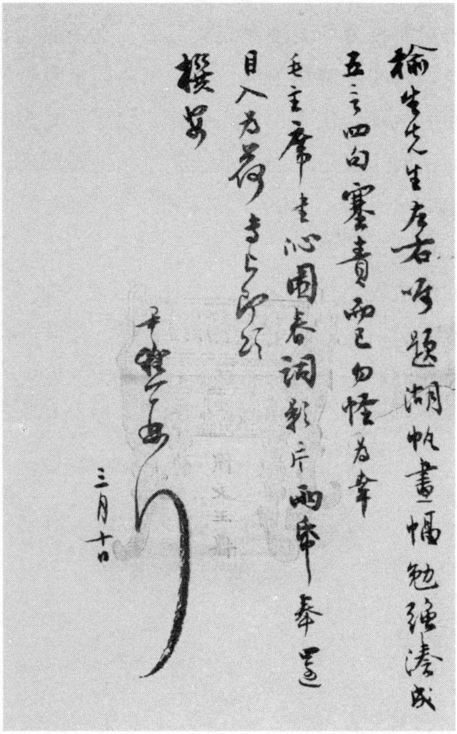
榆生先生左右：嘱题湖帆画幅，勉强凑成
五言四句，塞责而已，自惶为幸。
毛主席书沁园春词，彩片两张奉还
目入为荷。专此即颂
撰安
尹默
三月十日

沈尹默致龙榆生手札

笔触，抄录自己的词作，该是当代书法创作的重要作品。当代书法创作，总是在形式美感、视觉冲击力上寻找突破口，这是黔驴技穷的表现。先文后墨，文墨兼优，以真情实感为经，以切磋诗意为纬，才是书法艺术发展的康庄大道。龙榆生藏现当代文化名人手札，储存了太多的历史信息、生命密码，也是现当代书法艺术的绝妙展现。她延续魏晋，她综合诗文，她有人格特征，时雅时俗，不同凡响，是真正意义的书法。

龙榆生藏现当代文化名人手札，该是一眼文化富矿。学问、诗词、书法，历史、生命、责任，在矿中存储，深入解读与深刻思考，会有一个又一个重大的发现。

二〇一七年三月

最后的手札
——龙榆生友朋手札浅释

　　由中国现代文学馆、中国作家书画院主办的"字响调圆：龙榆生藏现当代文化名人手札展"，甫一亮相，就引起读者和观众的共鸣。历时二十天的展览，观众络绎不绝，他们对龙榆生的坎坷命运唏嘘不止，对龙榆生的友朋手札叹为观止。二〇一七年的春天，这个极具人格化、个性化的展览，让北京的学者、文化人回味悠长，中国艺术研究院的一位年轻学者感叹道：展览是中国文化史一段优美的乐章。

　　这句话让我陷入沉思：展览何以是中国文化史一段优美的乐章？龙榆生的友朋手札，具有什么样的象征意义？我为《人民日报》所写的"策展手记"中说出了我的感受："承载学界、词坛盛名的龙榆生，以手札与那一时代的同人联系，延续着一个绵长而坚硬的传统。学士、文人，与士大夫的身份转换，丰富了社会文化信息，因此，手札往复，陈述的不仅是私谊，也是一个阶层，一种眼光的认知。"

"延续着一个绵长而坚硬的传统",有一点笼统,也令人费解。至此,需要笔墨详述。传统手札不同于现代信函。前者有复合型意义,后者的功能相对单一。既然存在着复合型意义,那么,对手札的认识与理解,就有社会属性,就有文化内涵。手札,也称书札、尺牍,称谓繁多,预示着手札外延的宽阔性和多义性。民国时期的教育,设有"尺牍"科目,这堂课有尺牍结构分析,尺牍写作训练,对尺牍作品的学习。于此可以确定,手札是中国抒情散文的源头。记事陈情,高台化教,言文述史,风花雪月,手札——占尽。汉魏六朝,手札的实用性较强,也许是国政飘摇,文人手札直言俗务,难见闲情,理性大于感性。唐宋以后,手札的天地格外宽阔,文人手札形而上趣味浓郁,既谈"江山",也谈"美人",丰富的情感,典雅的文辞,神逸的书法,面对大自然的激动情绪,凝视历史的生命感喟,予手札以新的文化分量。唐宋期间的手札,形成了实用文体与审美旨趣的全面衔接,每一位文人的手札,都渗透着浓郁的人文馨香。

在文学史家的眼睛里,手札文辞是一个时代散文创作的表现。刘勰在《文心雕龙·书记》中说:"观史迁之《报任安》,东方朔之《难公孙》,杨恽之《酬会宗》,子云之《答刘歆》,志气盘桓,各含殊采;并杼轴乎尺素,抑扬乎寸心。逮后汉书记,则崔瑗尤善。魏之元瑜,号称翩翩;文举属章,半简必录;休琏好事,留意词翰;抑其次也。嵇康《绝交》,实志高而文伟矣;赵至《叙离》,乃少年之激切也。至如陈遵占辞,百封各意;祢衡代书,亲疏得宜;

斯又尺牍之偏才也。"刘勰在手札中所看到的就是文学价
值。此后的文论家，基本沿用刘勰的视点论述手札。

文墨兼优，是手札复合型意义的体现。书法史中的手
札，则有另一番隆重的"礼遇"。手札，是中国书法的一
个起点。流布至今的经典书法作品，庶几是古人的手札。
历史上第一件流传有序的法帖墨迹，有"法帖之祖"之称
的陆机《平复帖》就是一通手札。作为章草名作，一直是
后人学习的范本。被乾隆皇帝视为拱璧的王羲之《快雪时
晴帖》，王献之的《中秋帖》，王珣的《伯远帖》，均是手
札。在乾隆书房"三希堂"里，"三帖"不仅是历史文
物，更是有着无限审美魅力的艺术珍品。"平复帖""快
雪时晴帖""中秋帖""伯远帖"，相隔的时间很近，它们
以自身无与伦比的高贵，穿越了时间壁垒，成为书法艺
术的策源地和制高点。陆机、王氏父子、王珣，与政权
关系密切，但，他们文章盖世，也是文人群体中的代表
人物。中国书法有这样的策源地和制高点，便确定了中
国书法一以贯之的传统——文墨兼优，生命意义，精神
需求，责任担当。

此后的文人，赓续着这种传统，从意气风发，到自我
反省；从悲吊岁月，到憧憬未来；从豪情千丈，到痛不欲
生；从批评时政，到干谒书的流行，手札文章，俨然是中
国文人的人格史和精神史。波谲云诡的命运，起伏跌宕的
情感，左右了毛笔的书写。"先文后书"的结果，让我们
看到了一个人的情绪对书写的影响。陆机《平复帖》的滞
涩，王羲之《兰亭序》的神与物游，颜真卿《祭侄稿》的
激烈，是理解书法美学的最佳读本。

科举考试的终结,新文化运动的开展,白话文章的普及,新的书写工具的使用,手札寿终正寝。从新时代的立场上回眸手札,会有一万条可以控诉的理由——形式感曲高和寡,笺纸过于考究,文辞不无虚伪的成分,书法必须合辙……手札即信函,如此繁缛,影响信息传达。革命就是硬道理,一个新社会赖以存在的理由,就是对旧式生活方式的清算,当"德先生"和"赛先生"成为新的意识形态,手札一类"旧物",就可有可无了。因此,把"字响调圆:龙榆生藏现当代文化名人手札展"中的作品定位为"最后的手札",是合乎情理的。

"最后的手札"依然是手札,它保持了手札最初的形态。尽管这批手札写于二十世纪中期,所陈述的依然是上一世纪的手札语言——传统形式依存,笺纸勠力讲究,文辞还是古雅。现代信函时髦且简陋的词语,离这里很远。相比较而言,这是一块净土,是中国传统文人最后的家园,当然狭小,不过,从厚厚云层泻下的一缕阳光,让这里无比明媚。看得出来,这些怀有文化理想的人,用他们的毛笔,顽强守护着这个家园。面临破产的家园,是他们永恒的精神财富。

陈三立(一八五三——一九三七),江西义宁(今修水)人,陈宝箴之子,陈寅恪、陈衡恪之父,满腹经纶,风流倜傥。与谭延闿、谭嗣同并称"湖湘三公子",与谭嗣同、徐仁铸、陶菊存并称"维新四公子"。陈三立诗书兼擅,诗名尤重,为近代同光体诗派重要代表人物。戊戌政变后,与父亲陈宝箴双双革职。一九三七年,日寇侵占北平,陈三立绝食五日,愤愤而死。

榆生先生，惠示奉到，信已於今日
交大會秘書處送陳市長，但公私
因今日市長未到會，故未能親交。
俟見面時當為提及。專復，即頌
星安。

弟 丰子恺 叩

　　龙榆生是现当代著名学者、诗人，一九〇二年四月二十六日出生于江西万载，一九六六年十一月十八日病逝于上海。系现当代著名学者、词人。其词学研究成就与夏承焘、唐圭璋并称。龙榆生的先生朱彊村病重，把自己用惯的朱墨二砚授予龙榆生，希望弟子继续自己未了的校词之业，还托夏映庵先生替龙榆生画了一幅《上彊村授砚图》。朱彊村辞世，龙榆生以不同方式纪念自己的恩师，并请恩师的友朋写诗题跋。陈三立致龙榆生手札，其中写道："亦以此，彊邨同年题签写上，恐不可用。其铭幽之文，他日当勉为之。"显然，龙榆生所请写诗题跋的恩师友朋中，陈三立名在其列。推论陈三立致龙榆生手札的时间，为一九三二年。张晖著《龙榆生先生年谱》记载："是年（一九三二），先生仍任教于上海暨南大学及国立音乐专科学校。一月，仍为朱彊村后事忙乱。'拟辑其遗事为一卷，年谱一卷，附遗著刊行。又拟组织刊印先生遗书会。'十四日，夏承焘赴暨大访先生于寓所，先生言彊村'身后传布之事，欲勉任之'。并示新刻印章'受砚楼记'。"这年冬天，陈三立为《受砚图》题写引首，同时撰写题记，云："榆生受词学于彊村侍郎。而侍郎病垂危，以平昔校词双砚授之，期待甚至。吴君湖帆因为作图志其遇。余以侍郎词冠绝一代，盖与其怀抱行谊风节相表里。榆生探本而求之，他日所树立，衍其绪而契其微者，必益有合也。壬申冬日，散原老人陈三立题记。"

　　陈三立与龙榆生手札言及的"铭幽之文"，应该就是这则题记。

　　陈三立的儿子陈寅恪，与龙榆生交情不浅。由于家学影响，陈寅恪对手札文化记忆犹新。他隽秀的字迹，手札文辞与诗句的合璧，是中国学人修养与文人趣味的体现。传统学人的诗词造诣较高，手札往复，诗词唱和是一种常态。如果说手札文辞多俗务，诗词中的言志寄情，则是一个人的精神向度。马一浮、俞平伯、赵朴初、钱锺书等人的手札，常常附有诗笺，有时，手札书法与诗笺书法为同一书体，有时，手札书法为行草书，诗笺书法为楷书。书体的区分，强调手札与诗笺不同的形态，前者着眼现实，后者在意精神。

　　写诗是精神活动，需要灵感。唱和的心情不是随时可以生发，为此婉谢，也是常情。马一浮与龙榆生经常唱和，一次婉拒，也见诗情："榆生仁兄：先生前荷寄示悼毅成词，顷又获读咏兰二阕，兴寄弥深，但（当）有赞叹。湖上一春多雨，花时已阑，颓老闭门，无复吟兴，恕不能屡和。蠲庵亦久未书，浮病目益昏眊，并笔札亦废矣。属写君扇面，率尔涂鸦，直不成字，今以附还。春尽犹寒，诸唯珍卫。不宣。浮白。己亥三月十六日。"马一浮（一八八三——一九六七），当代著名学者、书法家。刘梦溪说，马一浮是中国唯一一位读完《四库全书》的人。可见学问之深。马一浮书法平实中隐现倔强，含蓄中蕴含放达，对当代书法构成重要影响。马一浮谙熟书法史，对碑帖有独到的见解。他把学问、文章、书法有机结合起来，恰到好处，遂成一代书法巨匠。他与龙榆生往来手札数十通，谈学论诗，笔法纷飞，线条灵动，可谓书法杰作。

　　郭沫若、叶恭绰、谢无量、叶圣陶、赵朴初、沈尹

马一浮致龙榆生手札

默、潘伯鹰等人的手札，与马一浮手札一样，具有高度的审美价值。研读他们的手札作品，会看到当代书法创作的薄弱，也会为当代书法家文化修养不足而抱憾。

我们抱怨当代画家写不好毛笔字，因而对当代国画创作总会有保守的评价。龙榆生友朋手札，有一些出自画家之手，如黄宾虹、徐悲鸿、傅抱石、吴湖帆等人，让我们惊喜的是，这几位画家，分明也是书法家。黄宾虹的凝重，徐悲鸿的洒脱，傅抱石的谨严，吴湖帆的练达，切中手札肯綮，展现手札魅力。

龙榆生友朋手札，是漫长中国历史中最后一批恪守传统规则的手札了。龙榆生友朋，历经清末、民国、新中国。饱读诗书的一代文化精英，轻易不肯放下青少年时代养成的习惯，在诗书文章中追问历史，在时空转换中忧思现实。随着现代化的大步前进，信息化对人们生活的全面控制，手札，以及与手札相行的笺纸、骈体文辞、独有的礼仪，渐渐消失了。最后以史料的身份变成静态的学术，冷冷地出现在我们眼前。这是遗憾，这是我们的别无选择。

二〇一七年五月

『花香冉冉愁予』
——读吕碧城致龙榆生两通
未刊手札

一九四三年一月二十四日，吕碧城病逝香港。一定因为她是女人，还是名女人，围绕她的介绍文字总有一点"八卦"的味道，比如她是袁世凯的秘书，她是中国第一位女校校长，她是腰缠万贯的商人，她是政论家，她是女权主义者，她是南社社员，她与袁克文情感朦胧，等等。不过，有一点确凿，她是民国一位优秀的词人。女子写作，也会被娱乐化，因此有了"吕碧城、石评梅、萧红、张爱玲"民国四大才女一说。不管这四位女子能否代表民国的女性写作，单看她们的名字足够响亮。

吕碧城，字圣音，安徽旌德人。一八八三年生于山西太原。家学渊源，弱冠学诗填词，深得樊增祥赏识。美貌、才华，思想、能力集于一身的吕碧城，的确是民国初期屈指可数的女子。人到中年，孑然一身的吕碧城退出社交圈，到国外旅行、经商，厌倦俗世后遁入佛门。

一九四三年一月四日，病入膏肓的吕碧城在梦中得诗："护首探花亦可哀，平生功绩忍重埋。匆匆说法谈经后，我到人间只此回。"清醒后，她用刚健含婀娜的书法抄录，寄给友人。此前的十四天，也就是一九四二年十二月二十一日，吕碧城与龙榆生书，并寄樊增祥、严复的诗稿，还有自己在瑞士所拍的照片。邮件何时寄出不详，龙榆生接到的时间恰是一月二十四日，这一天，吕碧城往生。

吕碧城弥留之际的手札，樊增祥、严复诗稿，还有吕碧城的异域风景照，集中在龙榆生的案头。这几件物品，有独立性，又是一个整体，让龙榆生思绪万千。睹物思人，情深意切的龙榆生沉默了一晚，填《声声慢·吕碧城女士怛化香港，倚声寄悼》，怀念吕碧城："荒波断梗，绣岭残霞，迢遥梦杳音书。腊尽春迟，花香冉冉愁予。浮生渐空诸幻，奈灵山、有愿成虚。人去远，剩迦陵凄韵，肯更相呼。　　慧业早滋兰畹，共灵均哀怨，泽畔醒馀。揽涕高丘，而今踽躅焉如。慈航有情同度，瞰清流、拼饱江鱼。真觉了，任天风、吹冷翠裾。"

宝剑赠给英雄，红粉送给佳人。的确是知音，彼此的默契，在词句中沉潜。吕碧城赠照片给龙榆生不是第一次，在怀念吕碧城词作的注释中，龙榆生写道："女士有宅在瑞士雪山中，往年曾贻影片。"

一个人的最后时刻，肯定想着自己所尊敬的人。吕碧城离开人世的时候，把真挚的问候和祝愿向龙榆生表达，足以证明龙榆生在她心中的地位。

这是为什么？当然是因为诗词。龙榆生与吕碧城均是民国的重要词人，惺惺相惜。

龙榆生，名沐勋，晚年以字行，号忍寒、箨公。一九〇二年四月二十六日出生于江西万载，一九六六年十一月十八日病逝于上海。系当代著名学者、词人。其词学研究成绩与夏承焘、唐圭璋并称。

龙榆生的词学研究和诗词写作，吕碧城钦佩。吕碧城在与龙榆生已刊手札中坦言："词笔突进，凄丽隽永，非城所及，甘拜下风矣。"因此，在自己去往彼岸世界的前夕，她与龙榆生书，谈佛论道，陈述衷肠："世间事如梦如幻，本无真实。重要者在看破世界，早求脱离……佛教之平等观，即是无国家、种族、恩怨、亲仇之分别。……珍重前途，言尽于此。"

筹办"龙榆生藏现当代文化名人手札"展，看到吕碧城与龙榆生两通未刊手札。两通手札均是毛笔书写，恪守传统形式，通报行状，悡念友人，笔意清晰，感情深挚：

榆生词家：十二月三日赐缄及造象均由港转到。感谢之至。一棹南溟，今恰匝月。玉甫先生抵港已不及见。岁杪将往槟屿小住。二月间遵红海而西，雪山长往，此后恐与国人永别矣。林铁尊、赵叔雍、夏映庵及其他诸词家住址，拟请录示，以便分寄续刊之词稿。倘蒙惠允，感谢无量，由槟榔屿 PENANG 南洋兄弟烟草公司转。专此，敬颂吟安。吕碧城上　十二月廿三日。

榆生先生：前承赐缄，即已作答寄康桥旧邸，祈往邮局查询，并嘱其所有邮件皆转寄新址。按例系如此办理，惟须正式签名，则无遗失也。玉甫南来未晤，盖鄙

人已先离港，顷复由星坡抵槟屿，拟下月初赴欧。俟得定
所奉。闻尊寓如再迁亦祈随时示知为幸。此复，敬颂吟
安。碧城谨启。一月四日。"赐函请由槟屿 PENANG 南洋
兄弟烟草公司转交。"

　　《龙榆生先生年谱》没有记录吕碧城两通手札寄达的
时间，故编年不详。从文辞中推论，应该写于一九三七年
前后。这时候，她在中国香港、南洋等地居住。一九三七
年，"七七"事变发生，日本军队侵占中国领土。第三次
出国的吕碧城从香港抵达新加坡，一路撰文，痛斥日军的
侵略行径，宣传佛法，呼吁护生杀戒。"十二月三日赐缄
札"中所言"岁杪将往槟屿小住。二月间遵红海而西，雪
山长往，此后恐与国人永别矣"。雪山，所指的就是阿尔
卑斯雪山。她计划终老域外，因此发出"此后恐与国人永
别矣"的喟叹。身往异邦，心在华夏，她仍然惦记林铁
尊、赵叔雍、夏映庵等词人的状况，所要通讯地址，以手
札往复的形式，保持联系。
　　两通手札间隔的时间不长，其中一个关键词是"玉甫
先生"。"十二月三日赐缄札"说"玉甫先生抵港已不及
见"，"前承赐缄札"又说"玉甫南来未晤"，此证她与玉
甫在南洋的一个时间节点上擦肩而过了。
　　"前承赐缄札"的笺纸为佛家专用。顶端为仿宋字
"南无大行普贤王菩萨"，笺纸中央是十六个双钩隶书：诸
恶莫作，众善奉行，持斋念佛，戒杀放生。这张笺纸，印
证了吕碧城念佛信佛的虔诚。吕碧城的佛缘可追溯到一九
二七年，那一年她住在伦敦，偶然看到《印光和尚嘉言

榆生詞家十二月言

賜箋及

尊象均由諸特到

感激之至一律南

迤今怡返月五青先

生振檳嶼小住二月

抄將桂檳嶼小住二月

間邇紅海兩西雪山

長往此遊恐與國人

永別美林鐵尊趙棻

龐夏以廬及其他諸

詞家住地採訪

承示以便寄等續刊

詞稿懷蒙

垂允戡論免臺由柳

柳興 PENANG 南洋九年煙草

句詩時在此嘉坿

吟安

　　　　　　吕碧城譯上

　　　　　　十二月廿言

吕碧城致龙榆生手札（一）

吕碧城致龙榆生手札（二）

录》，突然开悟。次年断荤，一九三〇年的春天，在日内瓦皈依佛教，法号"宝莲"。逝世后，她的二十余万港币捐献佛寺，并嘱咐后人，遗体火化后，骨灰和入面粉，抛入大海，供鱼吞食。

两通手札的书法值得言说一二。她不以书法闻名，一手见法度，有性情的行草书，的确是民国文人书法的重要存在。没有见过吕碧城更多的墨迹，与龙榆生的手札，可以表现她在书法上的扎实功力和书写才情。第一，笔画结实、沉稳，提按张弛有度。笔重是豪气所为，墨淡有灵感传达，毛笔驾驭的能力可见一斑。第二，恪守传统手札的书写格式，敬语、平阙，补充题语，是词人吕碧城国学修养的真实体现。

我不断向民国文人圈瞭望，喜欢读他们的文章、诗词，愿意看他们的手札、书画。吕碧城的文章、诗词不陌生，看到她的墨迹，却有一点惊喜，这位时髦、洋气的才女，的确非同寻常。

二〇一八年二月

手札的结构
——兼谈邵燕祥的手札

　　一栋设计考究的建筑，每一个面、角，每一扇门、窗，都融入了设计者的主观意图，甚至某一个细节，是不能缺少的，比如影壁、瓦当，它们是一栋建筑的根、魂。

　　传统手札很像一栋建筑，起始、叙述、结尾，一脉相承。这又像贵族间通行的礼仪，即程式化，又心照不宣。

　　手札的确是上流社会垄断文化的具体体现。东汉出现了世家大族，至魏晋南北朝，达到鼎盛阶段。"旧时王谢堂前燕，飞入寻常百姓家"，"王谢"原指琅琊王氏和阳夏谢氏，后来成为三国两晋世家大族的代称。他们有世代为官的，也有世代儒门，或者是两者兼顾。他们掌握国家政权，具有极高的社会地位和极大的社会影响。作为统治者，不仅需要丰厚的经济实力以证自身的强大，还要倚仗高深的文化修养标榜自己的与众不同。这种资本维护着士族的强势存在，缺少这种资本，就难以保持长久的统治地位。

水閣雲貼岸林空

鳥喚人遙知千里外

同此蠻陽暾

林彪事件後幹校控制

稍緩乃有思家閒情了

此一九七三年作近四十年矣

邵燕祥手札

手札需要符合礼仪规范，其中包括雅致的文辞，流畅的书法。两者是手札作者文化素质的体现，是上流社会人际交往的手段，是世家大族迥异于其他的文化优势。

手札的书写格式必须恪守"平阙式"，所谓的"平"，即在行文中遇到代表对方身份的称谓或涉及对方情况的字样，以及属于自己的行为而以对方为对象的时候，都要另起一行，与前一行第一字相平。"阙"，即"缺"，即遇到上述情况时，不另起一行，也要上空一格或两格。

手札的结尾有"不具""不备""不宣"等字样。"不具"即指长者对晚辈，或者说是上级对下级；"不备"指下级对上级；"不宣"指朋友对朋友。

当代手札不要求"平阙式"，对"不具""不备""不宣"也视而不见。这是现代汉语成为流行语言的结果。

著名诗人、杂文家邵燕祥先生的手札，是写给著名诗人宗鄂的，全文如下："宗鄂兄：抄录二诗，不知可用否？一为干校旧作，一则司马光诗。昔行脚各地，每须写粮票，辄以此诗应对之。以其情调健康向上，符合主旋律要求也。一笑。燕祥拜。"

手札简练，没有"平阙"，但有古意。作为便条式的手札，主要是传达世俗信息，因此，没有繁文缛节也不影响手札的完整。王羲之的一些手札，也是该简则简，该繁则繁。邵燕祥的书法精练、饱满。其中的草字恪守草法，结字完美，如"知""旧""辄""应""健康""要求"等。墨法也有韵味，枯墨神采毕现，如"每须写粮票""情调健康"等，均不输职业书法家的手笔。

文人手札有特殊味道，鲁迅在《孔另境编"当代文人手札"钞》一文中说："远之，在钩稽文坛的故实，近之，在探索作者的生平。而后者似乎要居多数。因为一个人的言行，总有一部分愿意别人知道，或者不妨给别人知道，但有一部分却不然。然而一个人的脾气，又偏爱知道别人不肯给人知道的一部分，于是手札就有了出路。……所以从作家的日记或手札上，往往能得到比看他的作品更其明晰的意见，也就是他自己的简洁的注释。"

二〇一四年五月

「于明白晓畅中见深情」

——诗人晓雪的手札

对于当代诗歌爱好者来说，晓雪是一个响亮的名字，也是一个有影响的名字。晓雪生于一九三五年，白族，云南大理人。一九五六年毕业于武汉大学中文系。一九五二年开始发表文学作品，出版诗集、散文集、评论集二十六部，《晓雪选集》六卷。晓雪是诗人，也是学者。一九五六年出版的《生活的牧歌》，是新中国第一部研究诗人艾青的专著。

每一位作家，基本上是从热爱诗歌开始产生文学幻想的。在二十世纪七十年代末和八十年代初，对当代诗人的阅读，自然包括晓雪。"他的诗和散文，风格独具、富于民族特色，为世所称"（臧克家语），"他的作品于温柔诚挚中见风骨，于明白晓畅中见深情"（王蒙语），因此，阅读晓雪，即是阅读中国的诗歌，中国的文学。

二〇一三年初夏，与晓雪在北京见面。此时，诗人晓雪已经是七十八岁的老人了，但，身材颀长，精神矍铄，思维敏捷，风趣幽默。席间一位云南籍的青年诗人起身朗诵晓雪的诗作，声音高亢，情感真挚，表达了一代新人对老诗人的尊重。

以诗为核心，大家倾心畅谈。不知是谁提到书法，晓雪的眼睛亮起来，便滔滔不绝地谈起云南的《爨宝子碑》和《爨龙颜碑》，以及当代诗人们的书法。

与晓雪分别不久，接到他赐赠的诗集《茶花之歌》，这是晓雪近几年诗歌作品的结集，其中收录的短诗特别精到，令人忘怀。《茶花之歌》掩卷，又接到晓雪的手札，这通直写的手札，体现了诗人的书法功底，其中所谈，也涉及他对书法的热爱：

瑞田同志：前寄拙著诗集《茶花之歌》想必已收到，请批评。

送上三幅字，楷、行、隶各一。颜体楷书我少儿时练过，隶体是近年才偶尔试笔的。请指正。

紧握手！

晓　雪
二〇一三年八月廿三日

晓雪的书法清新、流畅。字迹清楚，线条生动，看得出来，晓雪是有童子功的。他送我的书法作品，楷书高古，用笔劲健；行书隽秀，气息内敛；隶书质朴，呈童稚之气。我把他的书法作品摆在自己的书房里，逐一欣赏。显然，晓雪的文化发蒙期，毛笔处于中心地位。这一点，在行笔中可以感受出来。晓雪具有较高的毛笔驾驭能力，只是熟练的书写，依旧停留在文章书写的层面，与书法艺

晓雪手札

术的书写存在一定的差距。文章书写，看重的是文辞的清楚，而书法的书写需要把汉字的形质提升到审美的高度，让文字本身产生艺术力量。

晓雪的手札，坦诚地向一位文学晚辈陈述了自己的书法之爱和以书法作品相赠的慷慨气度。谈到自己的学书历程时，他告诉我"颜体楷书少儿时练过，隶体是近年才偶尔试笔的"，不矫情，不做作，不吹嘘，不摆架子，体现了一位诗人的真诚和真情。

在回复晓雪的手札中，我写道："……诗集书作手札拜领。自青少年时代阅读先生诗作，深刻之感受，至今未能忘怀。先生书作高古，文气弥漫，晚甚喜之……"

二〇一四年五月

文人书法，偶露峥嵘

报载，"文心磊落——中国近当代文人书画集韵"专场近两百件作品成交率达百分之九十七。其中朱自清《楷书七言诗》，以估价二十倍的价格一百六十一万高价易主。"全国首届文代会代表签名纪念册"拍出一百四十九点五万元。巴金《行书》从八万元起拍，最终以一百二十万、七十五万成交。

文人书法，偶露峥嵘。

中国文化史有一部分是由文人书法或书法文人构成，因此，传统士大夫或当代知识分子，对文人书法始终持有复杂的心情，这是历史性的延续，是对传统读书人的人格考量。

以字取士，人品与字品的价值判断，是这种历史性延续的具体表现。

现当代中国，毛笔书写已经从核心教育体系中退出，作为独立的艺术门类茕茕而立，一方面，书法因其身份的变化和功能的转型，获得了新的认同，一方面，因与强大、深邃的传统文化断裂，必然深深失落。

文人书法的美学特征不是一句话能够言清，但，其显著的特征可以一目了然。朱自清、巴金的书法，鲜有人论及，何以今天光彩照人，在市场上得到追捧。其一，是他们的人格魅力感染了时代。朱自清一身傲骨，不为五斗米折腰，坚持真理，学问、文章望著天下，焉能被有道义的中国人忘却？巴金反思十年"文革"，倡议修建"文革"博物馆，以此存照，追问我们的良知，检查我们的人性，同时要求我们讲真话，诉真情。朱自清、巴金，离开我们许多年了，然而，他们的文章依旧是我们思想的火炬，读书人依旧把他们当成灵魂的导师。

"文心磊落——中国近当代文人书画集韵"专场拍卖的与其说是大师的书法作品，毋宁说是中国文人的精神品性。朱自清书写的是自己的诗作，写在花笺上，录之："诗爱苏犀书爱黄，不妨妩媚是清刚。摊头蹀躞涎三尺，了愿总悭币一囊。市肆见三希堂山谷尺牍，爱不释手，而力不能致之。三十三年昆明作书似。风子先生雅属。朱自清。"诗能证史，这首诗勾勒出朱自清对黄庭坚书法的深情和理解。黄庭坚刚健、婀娜的书风朱自清极其推崇，失去购买黄庭坚尺牍的机会，颇多失意。语言诙谐，诗情沉郁，展现出朱自清多姿多彩的一面。朱自清书法多碑意，线条厚重，结字坚实，有书卷气。

巴金的书法也是写在花笺上，现代语文："战士是永远追求光明的，他并不躺在晴空下面享受阳光。他却在暗夜里燃起火炬，给人们照亮道路，使他们走向黎明。驱散黑暗这是战士的任务。（录旧作）风子兄。巴金。"显然，这不是一件传统意义的书法，而是一位作家对一种价值观的强调。与朱自清的书法相比较，巴金的书法灵动、率真，如同一颗跳动的心。

两幅作品没有留下书写的时间，简单推算，所书时间至少在六七十年以前。值得我们思考的是，他们说到做到，朱自清以高洁的形象引领我们向前行进，巴金晚年依旧忏悔、反思，不甘心灵魂污染，成为中国文人的代表。

二〇一三年六月

方英文手札一瞥

郑逸梅在《尺牍丛话》中记录这样一件事："予幼时，不能做书，而颇以人之鱼雁往来为可羡。一日，予乃约同学某，互作一书，而同赴邮局投寄。越日，绿衣使来，予得某书，而某得予书，各展诵以为笑乐。及今思之，犹为哑然。"

于此可知，手札是可以娱乐的。

方英文是我的手札朋友之一，互通手札久矣，只是我们没有郑逸梅和他的朋友那样，互作一书，而同赴邮局投寄。不过，我们来来往往的手札日渐多起来，得暇翻检，发现方英文的手札时而正襟危坐，时而幽默诙谐，时而挤眉瞪眼，时而大张旗鼓，展读开来，有惊心动魄、应接不暇之感。

文人作手札，喜欢自制笺纸，表白心性。方英文也喜欢自制笺纸，只是他自制的笺纸没有往昔文人的华美，他经常是裁剪残破宣纸，或长或方，或大或小，没有统一的规格。情到深处，他也会在报纸上，在自己著作的扉页上，洋洋洒洒地写，笔满云烟，腾挪有致。

方英文有小说家、散文家之称，相比较而言，我愿意读他的散文随笔，那种篇幅短小的文章，特像意大利的浓咖啡，量少苦多，意味无穷。手札需要书法，更需要文辞，这一点，当代书法家望而却步了。作为作家，方英文的手札文字与他的小行草书一样，精道又精彩，读着，可以读出历史，还会读出方英文阴郁而深刻的笑声。

去年岁尾，方英文所赐手札，应该是那一年度我收到的文朋书友手札中最具特色的一通，书法当然可圈可点了，文辞的洗练与风趣，也是鲜见的：

瑞田兄足下：

兄策展并主编之《当代名家手札精品集》收到，夜读甚乐。弟因姓氏笔画寒碜，而幸冠诸贤之首也。激动五秒钟，复归冷静，因为枪打出头鸟哈。

日前报纸约稿，照例俗套，谈旧岁新年之望。弟文结尾云："说到自身，也要反个腐败：多写文章，少玩毛笔。作家醉心毛笔字，跟官员迷恋高尔夫一样均是奢侈堕落。"

敬颂

新年万安

英　文

十二月三十一日

一百六十三个字，陈述了我们之间深厚的友谊，也把方英文调侃的本领淋漓尽致地表现出来。方英文的书法与

瑞田兄足下：

兄所惠三主编之当代名家书札精品集收到
夜读甚乐 举凡名姓氏笔画之缪而幸钤诸二首
也淑勤五而钟后均冷静 因拟捋出预为略

目前报端 刊稿皆似套误 庄藏影年之生平文结
庙云泛到自身 也率反倒虑败为寄文章 少跋主笔
代东隙以老叶董字识古风追悉高东去一样妁
志奋修与坠彦
新春笔安

十三月三十一日   英文

方英文手札

他的文字反差较大。言谈有锋芒，书法多文采，两者结合，顿显人文之光辉，刺世之胆量。方英文书法有魏晋风貌，又接续宋元色泽，不难看出他在"二王"苏米之间的游走。方英文的书法是当代典型的文人字，有智识和感觉。前者体现在方英文对书法艺术的精准理解，后者是方英文作为小说家、散文家对情感体系的拓展。智识属于技巧范畴，感觉与才情相当，因此，他的字清清爽爽，不夸张，不跌宕，生命的亮色贯穿手札的起始。

文人一贯有癖好。郑逸梅看到"文人好事，往往喜为古人作札，如拟山巨源答嵇叔夜绝交书，拟范丹上石崇书，拟汉王嫱汉关别书，拟毕吏部醒后以书谢酒家，拟陶渊明谢督邮书，皆摹古人之口以为之，非妙手不办也"。

二〇一四年七月

手札的魅力

——读黄君《鉴斋丛帖初编》

　　由文物出版社出版的《鉴斋丛帖初编》分上、下卷，是黄君近年书法创作与研究一批成果的集中展示。其中既有对传统草书理论的解读之作如《增补改编草诀百韵歌》，也有对经典草书研读理解的《写书谱卷》，这些专题作品充分反映作者在以草书为主的创作上的实践高度和意义。读罢此书，给我留下深刻印象的是该书的第六部分"鉴斋手札欣赏"。

　　对黄君的手札，我不陌生。第一，我与黄君是手札的热爱者，尺牍往复，是我们生活的一部分，至今乐此不疲。第二，我们都是手札的推动者。引起文化界关注的"当代作家、学者手札展"，黄君是作者，更是推手。当我在征稿过程中感到困惑时，他从个人的收藏中拿出数通作家、学者手札，供我们选择，极大丰富了手札展的题材。第三，作为学者的黄君，他一直进行传统手札的研究。最近，也是由文物出版社出版的《王羲之"十七帖"研究》

一书，是他书学理论研究的延伸，也是对书圣王羲之手札
尺牍研究的重要成果。

《鉴斋手札欣赏》一书，收录了黄君十七通写给师长、
朋友、同道的手札，笔墨畅然，文辞真切，表述了一个现
代人精神与生活状态，体现了当代书法家对书法文化传统
的承继，对传统书法艺术的理解。十七通手札，仅一通楷
书，其余皆草书或行草书。黄君长于草书，胎息"二王"
的草书古意盎然，气势雄浑，得"二王"之真传。黄君临
魏晋名帖，又于学理处探析右军、大令书法之根本，自然
有自己的体会，自己的感受。且至真至深。古代书法家均
具有复合性的文化身份，能书能文。王羲之因为一篇《兰
亭集序》，便推脱不掉作家的称衔，予光辉于中国文学史。
当代书法家的单一书写，显然降低了当代书法的文化品
质，招至诟病乃情理之中的事情了。黄君集学人、诗人、
书家于一身，他把书写置于文化的层面，置于学问的高
度，自然使我们大开眼界了。正如他在写给西中文先生的
手札中说道："……中华之艺术，根本乃在载道养性，助
教化，利人伦，娱目怡情乃其末也。故吾国诸艺素重融汇
关联。诗词书法音乐（美术）绘画，莫不相互渗透，互为
因果。亦如孙虔礼所谓共树而分条也。奈何当世庸俗，把
定西人所谓艺术必欲独立之教条，以割断书法与诸艺关联
为代价，求得所谓书法有独立审美价值之口实，令人啼笑
皆非。此则当今书法但知竞技不解文化之由也……"可谓
掷地有声。

手札是思想感情的表述，是生活信息的传递，从书法
史角度看，不仅是书法家最早的艺术表现形式，也是当代

书家赖以延续艺术原创性的最佳（最后）选择，故手札具有极其重要的文献价值。手札作为具有应用特性的艺术品，在历史的长河里，逐渐形成了一定的程式，融入了儒家的礼教。黄君的手札很讲究形式，如致刘世南的楷书一札，可谓具有典范意义。在这通简约、舒朗的楷书手札中，我们看到了平阙式的合理运用。基于礼教，基于书写的变化，基于审美的要求，平阙式对手札的介入，一方面肯定传统的伦理原则，一方面提高了手札的技术要求，一方面又强化了手札的形式感。由此我们也就理解了，为什么书法史中的经典作品绝大部分是手札。

当代社会的诸多因素，导致手札远离了我们的生活。但是，黄君依旧以传统的心境迷恋手札，书写手札。十七通手札显然只是他平日创作的极小一部分，但这恰是其书法文化价值和艺术品位最好的证明。我们都是手札的践行者，我曾在一篇文章中说过，手札普遍的应用效能失去了，但是，当代文人们写手札，绝对是一种文化交游、精神仪式，是一种体现文人修为的高雅形式，它可以带给当代文人当今书法无穷魅力。在纷繁忙碌的当下，手札的文化内涵正日益彰显，从黄君的作品来看，已然是当代文人精神生活的一道绿色的风景。

二〇一〇年十一月

馆中置喙（代后记）

　　百札馆中拜观文人书信，想着文人的抚古与察今，自大与自信，愤懑与忧愁，风华与风流，总觉得有话要说，于是，有了《百札馆三记》。

　　"读傅记"，是读傅雷书信的启悟。他与友人书，谈天论地，衡文言艺，独有的经历，特殊的识见，为我开启了一扇陌生的窗口，凭栏眺望，思接千载。

　　读傅雷的译作，再读傅雷的书信，感觉殊异。书信中的傅雷特别文人，性情、趣味、涵养、才华，常常勾起我对那个清癯的江南文人的想象。丁香花、细雨、咖啡、莫扎特、法语、烟斗、罗曼·罗兰、傅聪与傅敏……

　　一个个有着音乐一样节奏的意象，在我的生活中拼接出一幅氤氲迷离的水墨画。

　　读傅雷，一天天读，一天天记，慢慢成长。

　　"旧信记"，是读作家旧信的感想。始于少年时代，就把作家当成偶像，因此喜欢读书，喜欢看作家的信，一路崇拜。有了收藏意识，就专心积攒作家的旧信，朋友赠送，作家朋友来函，在拍卖行竞买，积少成多，觉得富足。

作家旧信是无形的财富，得闲阅读，既欣赏作家独有的笔墨，也会在作家驰笔行文中有了新的发现。作品中的作家、媒体中的作家、书信中的作家，应该是作家三个侧面，试图理解、认识一位作家，这三个侧面缺一不可。

读作家旧信，遇见新"信息"，如作家的观点修正、人物臧否，"左"倾或右倾，以及转瞬即逝的伤感，喋喋不休的喜悦，即刻让我振作。这时，写旧信眉批，记录读信的感想，放大作家的这一个侧面，使之产生公共性。

作家旧信，能不能成为文学研究的重要组成部分，能不能成为文学研究独立的一部分，想入非非了。

"谈札记"，是我研究手札的点滴结果。临帖是自己的日课，所临的古人的帖，庶几是手札，比之现代书信，手札的形式更为考究，手札的内容更为宽泛，手札的载体——信封、笺纸，更为精美。如果把手札仅仅理解成书信不行，它的确有书信的功能，然而，手札的形式与内容，需要书法、文辞、笺纸、信封同构，当传递世俗信息的第一功能实现后，书法、文辞、笺纸、信封，又同构了手札的审美功能。

读信，要读出天地；谈札，要谈出文化。自觉才疏学浅，激情有了，能力不逮，读傅雷，记旧信，谈手札，难免隔靴搔痒，不抵肯綮，方家见笑。

二〇一八年四月于百札馆

策 划
———
宁孜勤

主 编
———
董宁文

图书在版编目(CIP)数据

百札馆三记/张瑞田著.—上海：文汇出版社，
2018.8
（开卷书坊/董宁文主编.第七辑）
ISBN 978-7-5496-2659-5

Ⅰ.①百… Ⅱ.①张… Ⅲ.①随笔－作品集－中国－
当代 Ⅳ.①I267.1

中国版本图书馆 CIP 数据核字(2018)第 138815 号

百札馆三记

策　　划／宁孜勤
主　　编／董宁文
书名题签／刘　涛
篆　　刻／韩大星

作　　者／张瑞田
责任编辑／鲍广丽
特约审读／卢润祥
封面装帧／观止堂_未泯

出版发行／文汇出版社
　　　　　上海市威海路 755 号
　　　　　（邮政编码 200041）
经　　销／全国新华书店
排　　版／南京展望文化发展有限公司
印刷装订／上海天地海设计印刷有限公司
版　　次／2018 年 8 月第 1 版
印　　次／2018 年 8 月第 1 次印刷
开　　本／889×1194　1/32
字　　数／180 千字
印　　张／8.75

ISBN 978-7-5496-2659-5
定　　价／42.00 元